IO E LEI

Javier Ramírez Viera

ESCRITIA

Escritia.com
Amazon.com ed in formato KINDLE

2013, Las Palmas de Gran Canaria, Spagna.
Traduzione a cura di Palmira Marchetti.
ISBN-13:978-1495272172
ISBN-10: 1495272176
Stampato negli USA-Printed in USA

IO E LEI

Javier Ramírez Viera

Capitolo uno

Quando la vedo, il cuore sussulta…

È una frase comune. Si dice spesso. Esprime un'emozione splendida, quella del vero amore.

Alphonse l'ha vissuto sulla sua pelle. È qualcosa che non riesci a controllare. Il cuore ti scappa dalle mani e non riesci a dominarlo. Non riesci a smettere di pensare a lei.

…Pensa ancora a lei.

Alphonse non è altro che un triste senzatetto. Un senzatetto silenzioso. Di solito non infastidisce nessuno. Se ne sta seduto per terra, nella metropolitana, senza essere d'intralcio nè mostrare prepotenza, e riceve una piccola elemosina solo quando qualcuno si accorge di lui, perchè, il paradosso del mendicante è che non vuole essere preso in considerazione. Chiede, ma senza pretendere nulla. È come il poliziotto, la cui sola presenza in strada serve a regolare la circolazione dei veicoli; di fronte all'autorità la gente sa sempre cosa fare… e sa già che, di fronte ad un mendicante, deve mostrare tutta la commiserazione possibile. Lui, vestito come uno straccione, che chiede, ma senza pretendere, invita la folla a comportarsi come ci si aspetta, a tirare fuori qualche centesimo.

Ogni giorno gli passano davanti migliaia di scarpe. Con lo sguardo basso, il resto del mondo non è altro che un'infinità di passi che vanno avanti e indietro. Tacchi alti, tacchi bassi, scarpe di cuoio, all'ultima moda, stivali... C'è gente che indossa calzature non adatte ai propri piedi. Si vedono le dita che stanno per scoppiare, tanto sono strette. Alcune signorine camminano con eleganza, ma solo grazie ad un cerotto, che protegge la ferita provocata da una scarpa che sta massacrando i loro talloni. Nella fretta, alcune si scontrano con qualche indeciso. Altri sembra che stiano per scontrarsi, si fermano, si voltano... e magari il ragazzo si volta, le va incontro e le chiede il numero di telefono, oppure la invita a prendere un caffè.

... E poi ci sono gli innamorati. Se lo ama tanto, solleverà il piede nel baciarlo, in quel ritrovarsi quasi magico delle stazioni di trasporto... e non è necessario che ci sia un romantico treno nelle vicinanze.

Se precede l'uomo, è la donna che comanda. Se comanda lui, sarà sempre la donna a precederlo. Questo non significa niente...

Ci sono i ladruncoli che se ne vanno in giro senza meta, da una parte all'altra, con le sneakers strappate, e ricominciano, con o senza criterio. A volte quelle scarpe corrono talmente forte che sembra che le indossi il diavolo. Altre volte rimangono in attesa, appoggiate su qualche pilastro, lasciando l'impronta della suola sulla parete.

Meglio questo che guardare le facce. Alphonse la pensa così. Da tempo ormai, non sentendosi più all'altezza degli altri, si vergogna di guardare la gente negli occhi. Guarda a stento persino quelli della sua stessa categoria. Gli altri senzatetto. Di solito, la notte si riuniscono in un posto caldo, per parlare un pò, bere qualcosa... e sgranocchiare quello che ognuno ha nell'impermeabile.

Eppure, oggi c'è qualcosa di diverso. Alphonse, seduto lì, nella metropolitana, vede quelle bellissime scarpe azzurre. Questo cambia tutto. E non perchè siano scarpe più belle o più comode di altre. È quel maledetto segno del destino. Non si può spiegare né dare credibilità scientifica a qualcosa di irrazionale. Capita di innamorarsi, più di quanto si possa pensare. Piuttosto che scoprirsi, l'amore ci scopre. Perciò, per la prima volta dopo tanto tempo, Alphonse alza lo sguardo.

È stupenda. La cosa più bella del mondo. Tutte le donne che fanno scoccare il colpo di fulmine sono così.

Purtroppo, la donna che l'ha folgorato è in compagnia di un ragazzo, giovane ed elegante. Sono una bella coppia. Una coppia perfetta. Sembrano anche molto affiatati.

—Alphonse?

Alphonse sussulta. Ha parlato lei… ma, solo un attimo dopo, si rende conto che non è così, che è stata la sua immaginazione… Perchè è Carla. È lei! Ci potrebbe giurare che è lei… e chiama il suo fidanzato con quel nome, Alphonse. Si chiama come lui.

Per la prima volta dal giorno in cui aveva deciso di vivere nella metropolitana, Alphonse sente la necessità di alzarsi in piedi. Di solito, lo fa solo quando decide di andare via. È arrivato il momento di "farla finita". Così, come se stesse attraversando il sottobosco fitto e cupo di una selva, inizia a camminare in mezzo alla folla, per inseguire i passi di quelle scarpe azzurre… di Carla.

Forte del suo anonimato, Alphonse si muove in mezzo ad un'infinità di corpi e di volti, in una marea umana, fatta di partenze ed arrivi. In mezzo a quella moltitudine si sente come un'alito di vento. Così la osserva, dal nulla… e si sente ancora di più una nullità quando quel ragazzo e la sua Carla, la sua bellezza, l'amore della sua vita, si scambiano un bacio. Un bacio breve, ma complice. Quanto basta per fargli male. Lui, il falso Alphonse, sale sul vagone della metropolitana e lei, a terra, lo guarda andare via. Mentre il vagone si allontana e la vita sembra aprire uno squarcio tra loro, separandoli con la lontananza, si salutano con la mano, come due bambini.

Il cuore gli batte forte. Alphonse ha fatto un passo avanti: ha trovato Carla dove non dovrebbe esistere, nel mondo della realtà.

* * *

—Hai sognato ancora quella ragazza?

Alphonse non ha parlato, ma Jeremias lo conosce bene, e sa che quel suo sguardo perso, quel mutismo significano solo una cosa: Carla.

—Scusa… mi sento uno stupido! — ammette Alphonse. Sì, si è rannicchiato vicino a quel bidone annerito dai falò, intorno al quale, come fosse una stufa, a volte i senzatetto si riscaldano. Si conoscono già, ma a volte c'è più gente, altre meno. Oggi ci sono Jeremias e Armand.

Jeremias è un brav'uomo. Armand, invece, è senza cuore:

—Smettila di farneticare come un bambino —dice Armand, —come quando hai detto: "ho divorziato".

—Lascialo in pace!

—No, sul serio. Si è preso un bel calcio nel sedere. È per questo che sei qui, non è vero Alphonse?

Alphonse non risponde. Lì ognuno vive il suo dramma personale. Quello di Alphonse è stato proprio l'amore. Una donna, con cui è finita male. Ora, innamorandosi di un'altra, rivive quel brutto momento.

—Non è una donna normale—dice. —Non dovrebbe esistere.

—Non capisco —commenta Armand. —Che razza di assurdità è mai questa, ragazzo? —ed usano questo tono con lui perchè Alphonse è giovane. Non è il classico senzatetto. Veste di quei pochi stracci che gli restano, ma con classe. Alcuni lo paragonano al Vecchio Thepaud, il miliardario che finì in strada e che, nel modo di mangiare i rifiuti, mostra un contegno che molti aristocratici gli invidiano.

—Ho sognato Carla tanto tempo fa, quando ero un bambino… —mormora. —Davvero. Non lo capite? È il mio amore platonico, fin dall'infanzia. Il mio ideale. E, comunque, non esiste.

—Stai scherzando? —Armand si altera. Jeremias vuole dargli uno spintone, dovrebbe essere più paziente con quel ragazzo.

—Lascialo parlare.

Alphonse si prende il suo tempo. Guarda il fuoco. Sì, il fuoco è evocatore. Risveglia il corpo, ma anche i ricordi:

—Quando capii che stavo diventando un uomo, m'inventai una donna. Una donna meravigliosa. Sorrideva con una dolcezza incredibile. Era divertente, elegante, dolce… La incontravo tutte le notti, nei miei sogni. Ero felice quando la vedevo.

—Eri uno di quei ragazzini strani che non aveva successo con le ragazze? —chiede Armand. È tremendo.

—No... Beh, forse sì, un pò. Forse Carla mi è entrata così tanto in testa che ho sempre sperato di poterla incontrare.

—...Però non si è mai manifestata— conclude Jeremias.

—No... Se lo avesse fatto, sarebbe stato assurdo. Sapete già come continua la storia: mi sono innamorato della mia ex moglie ed ho finito per sposarmi. Come dice Armand, un calcio in culo ed eccomi qui, a parlare delle mie fantastie, accanto al fuoco.

—Fino a quando... arriva lei—conclude puntualmente Jeremias. Alphonse lo guarda:

—A quanto pare, sì. Non dovrebbe esistere, ma l'ho vista. È uguale alla donna che avevo sognato.

—Sei un povero illuso!—Armand è diffidente. —Completamente assurdo!

—Ci sono solo due spiegazioni plausibili a tutto questo—dice Jeremias, cercando di adottare un punto di vista attendibile: —La prima, che forse hai avuto una visione che preannuncia quell'incontro di cui parli. La seconda, che hai visto una ragazza che somiglia in modo straordinario alla donna che avevi sognato.

—Propendo per quest'ultima spiegazione, più realistica—ammette Alphonse. — Potrei avere qualche dubbio solo se lei si comportasse esattamente come nei miei sogni. Se, per esempio, avesse la sua stessa risata squillante.

—Odio le donne dalla risata squillante—Armand lo sfotte. Jeremias lo guarda storto.

—Magari il suo sorriso… Non l'ho vista sorridere —mormora Alphonse.

—Come bacia… —dice Armand, prendendolo ancora in giro.

—Beh, ho visto come baciava il suo ragazzo!

E i due mendicanti restano senza parole. Armand non nasconde che la sua è un'espressione sarcastica, per farsi notare. Jeremias non può sottrarsi.

—Beh è un pessimo inizio—dice Armand. —Non solo sei un senzatetto che non ha nessuna speranza di far colpo su di lei, ma, per di più, lei ha già un fidanzato! Il tuo non è un sogno, è un incubo!

—Lo so, lo so... è assurdo —ammette Alphonse. Armand fa un'espressione di approvazione.

—Comunque, non bisogna mai darsi per vinti—conclude Jeremias. —La vita è talmente strana! Cos'hai intenzione di fare?

Alphonse non risponde. Per quanto quei due senzatetto, con il loro silenzio, lo tormentino, non riesce a trovare una risposta a quella domanda: veramente, non sa cosa fare.

—Tutto questo non avrebbe dovuto succedere—ammette.

—Quello che non dovrebbe succedere è che un senzatetto della metropolitana ti importuni —dice Armand, riferendosi al fatto che qualcuno si era messo in testa di conquistare una donna... quella Carla. —A proposito... sai come si chiama?

—Nei miei sogni la chiamavo Carla. Non so come si chiama nella vita vera.

Armand e Jeremias restano di nuovo senza parole. Entrambi pensano cose diverse. Alla fine, è Armand che apre la sua boccaccia:

—Non vorrei essere nei tuoi panni, ragazzo; hai perso la testa.

Alphonse lo ammette. Quel linguacciuto di Armand ha ragione, è un pò fuori di testa. Forse l'amore è cosí, assurdo.

Tace… Non vuole più parlare dell'argomento. Tira fuori il suo violino, quello che considera il suo migliore amico, l'unica cosa materiale che gli resta, e suona qualcosa. Questo sì che mette finalmente a tacere la lingua biforcuta di Armand.

Capitolo due

Alphonse ha perso la testa. Per lo meno quanto basta per aspettare la metropolitana più a lungo del solito, in mezzo alla folla indifferente. Forse non si è ancora reso conto che, ogni minuto che passa, ogni volta che pensa a lei, nella sua mente Carla acquista un'importanza sempre maggiore. Perchè, pur essendo rimasto sorpreso ed estasiato nel rivederla, e pur essendo consapevole che, non tanto averla, ma vederla era impossibile, è ancora in grado di realizzare che quell'incontro improvviso non aveva suscitato in lui la sensazione che si aspettava. Niente batticuore. Nessun colpo di fulmine.

Di solito succede. Quando t'innamori… "salti"… Eppure, quando ti sei innamorato e speri di vederla una seconda volta, allora sì che il cuore non regge. La confusione del primo incontro si trasforma in certezza…Non riesci più a togliertela dalla testa.

—Tenga, signore. Qualche moneta…

Dev'essere un idiota. Nessuno fa l'elemosina in quel modo. È ovvio che chi si avvicina vuole offrire qualche spicciolo. Nessuno dice che vuole farlo, o che lo fa. E poi "monete"; nessuno darebbe in elemosina ad un mendicante un panino al formaggio.

Ebbene sì, l'individuo ha in mano un panino al formaggio. Si fruga nei pantaloni, prende qualche soldo da dove nemmeno lui sapeva ce ne fossero, e li mette dove ritiene opportuno.

Alphonse lo riconosce. Ha già visto le sue scarpe qualche altra volta. È un tipo goffo, bruttino. Va in giro sudaticcio e malvestito. Lui pensa di essere benvestito, ma è solo la sua opinione, perchè l'elegante "brioni" è tutto sgualcito. Persino la cravatta è allentata, eppure, con il suo doppio mento pronunciato, dovrebbe rimanergli ben stretta.

—Oggi è il mio grande giorno —dice ad Alphonse. —Vado a trovarla—si vanta.

Da una settimana va avanti e indietro per la stazione, con quel mazzo di fiori. Ogni giorno uno diverso. Va all'ospedale. I fiori sono per un malato. Alphonse lo deduce dal fatto che l'ingresso del policlinico è proprio lì accanto, all'entrata della metropolitana.

Porta i fiori ad un paziente, un familiare, amico o amica, tutti i giorni?

Alphonse non ci crede. Non sembra il tipo. Infatti, ora ricorda di aver visto quel soggetto strano mentre tornava indietro, con i fiori. È indeciso. Non è sicuro di quello che fa. È andato a trovare qualcuno, ma, all'ultimo momento, ci ha ripensato, ed è tornato indietro. Oggi, Alphonse non è altro che un piccolo pretesto per ritrovare sicurezza, quel "vorrei ma non posso" per perdere tempo di chi cerca di prendere un pò di coraggio per affrontare qualcosa di grande. Così, non solo perde gli spiccioli per Alphonse, ma anche il tempo di cui ha bisogno per armarsi di coraggio.

Cammina. Si allontana. Alphonse lo segue con lo sguardo.

…Gli ha lasciato qualche spicciolo. Alphonse sa come funziona il suo rapporto, precario ed occasionale, con i "clienti". Perciò, prende il violino e comincia a suonare.

—Ecco, questo mi piace! —dice il tizio. Appena sente la musica torna indietro, con i suoi fiori. Indica Alphonse, e poi aggiunge: —Se avessi qualche altro spicciolo ti chiederei di accompagnarmi all'ospedale; sarebbe fantastico avere un violinista!

Alphonse smette di suonare. Un senzatetto che suona il violino in ospedale? Certo che quello è proprio un tipo strano!

—Vuoi che suoni per qualcuno?

—Una melodia d'amore. Potresti farlo?

—Beh… credo che non ci sia strumento più romantico di un violino.

—Infatti. Ti pagherò, naturalmente!—e tira fuori una banconota. È un dollaro, tutto stropicciato. Anzi, due. Sono incollati l'uno con l'altro.

—No, non c'è bisogno di darmene due.

—Voglio farlo. È importante per me.

Alphonse non è convinto. Lo lascieranno entrare all'ospedale?

—Andiamo?—insiste il tizio. Avanza di qualche passo, ed aspetta che Alphonse lo segua. Quindi si ferma, sembra dire qualcosa, senza che dalla sua bocca esca alcun suono.

Non può essere… Un accordo? Non è quello che Alphonse si aspetta dalla strada.

—Bene, d'accordo—dice Alphonse. Per un ultimo istante, guarda ancora una volta tutta la stazione. Sarebbe assurdo pensare che, ironia della sorte, Carla passasse di lì proprio mentre Alphonse risponde ad un'altra chiamata dell'amore. Dev'essere così. Sì, quello strano tizio è innamorato. Non può essere altrimenti. Si capisce dal suo sguardo. Dal suo nervosismo.

Ha rischiato di morire per attraversare la strada. È così, imbranato ed imbarazzante. Sembra vivere con un piede in questo mondo e l'altro in un'altra dimensione. Soltanto la fortuna lo aiuta a rimanere tra i vivi, nella gente saggia.

—Faremo colpo su di lei —dice. Lo ripete, diverse volte. Non ci vuole un genio per capire che quel tipo è un pò fuori di testa. Se all'amore, all'assurdità dell'amore, si aggiunge la follia in sè, probabilmente il risultato è un autentico Romeo con tendenze più che suicide.

—Davvero hai intenzione di entrare lì? — Alphonse è agitato. Sono all'ospedale. Tutto sembra pulito ed ordinato, con quelle pareti bianche che infondono un'atmosfera celestiale. C'è un viavai di persone, tutte benvestite. Ma Alphonse non indossa vestiti eleganti. Quello strano tizio nemmeno… eppure non è un poveraccio, anche se sembra aver "mendicato" quei fiori, vecchi ed appassiti, sradicandoli da un giardino qualunque…

—Andiamo —dice il tale, risoluto. Non trascina Alphonse fisicamente. Lo fa con un gesto in aria, che Alphonse giurerebbe sia stato come un uncino che, conficcatosi nel cuore, lo trascina. Una corda che lo unisce a quel tipo perchè, in qualche modo, restare da solo in ospedale gli sarebbe sembrato come andare in giro nudo; è un vagabondo, un mendicante… lo avrebbero guardato tutti. —Per di qua… —avvisa l'urrefrenabile innamorato, che conosce alla perfezione tutti i corridoi e qualche stratagemma per aggirare il vigilante alla e lo stesso sorvegliante sanitario… È sicuramente assurdo cercare di fuggire tutto questo. Forse non lo è tanto per un senzatetto, ma, anche se malvestito, nessuno avrebbe cacciato via quel soggetto solo a motivo del suo aspetto inopportuno. Il tizio ha, stampata nella sua testa, la paura di subire l'umiliazione di essere rifiutato. Fugge, per nascondersi dove non dovrebbe.

"È qui", indica. La sua fretta svanisce. Ora, alla vista del corridoio, si ferma. Sì, si è fermato. Alphonse dietro di lui, con il violino in mano, proprio come ha voluto.

L'anomalo dongiovanni non si è ancora deciso. I suoi sono gli stessi passi di un trapezista sulla corda, e senza rete. Alphonse capisce che quel momento rappresenta tutto ciò che quel tipo possa desiderare dalla sua vita... ma continua a rimandare e fuggire, ogni volta con una nuova indecisione. Perchè Alphonse ha l'impressione che, da qualche parte, ogni volta che sogna, ha appena fatto un piccolo passo in più rispetto al punto in cui si era spinto ieri. Poco più avanti rispetto all'altroieri, e così fin dal suo primo tentativo, in cui a stento era riuscito a rimanere davanti all'ospedale, scrutando uno scenario che non riesce ad affrontare.

...Il numero della stanza lo sa a memoria. Tant'è che i numeri che si lasciano alle spalle non sono altro che un conto alla rovescia, fino a giungere al momento fatidico.

Si ferma... vedendolo esitante, Alphonse si permette di spingerlo. Delicatamente, come se stesse scostando il ramo di un albero.

Cammina. Se non altro, cammina. Gli manca solo un pochino... arriva...e, finalmente, la vede. O meglio, vede i suoi piedi. I suoi meravigliosi piedi. Sì, è una donna. Le sue dita piccoline, che fanno capolino ai piedi del letto, sono l'unica cosa che si vede dal corridoio, prima di violare l'intimità della stanza. Un'altra spinta, leggera come l'aria, ed il trepidante innamorato, con il suo mazzo di fiori, entra.

Alphonse aspetta ancora un attimo, poi lo segue. Fa un profondo respiro, prende il suo violino... comincia a suonare... e, nel vedere che la Giulietta di quella folle storia d'amore, in realtà non è altro che una sorta di Bella Addormentata, le sue dita si bloccano. L'innamorato sembra non rendersi conto dello stato della sua amata. Continua ad andare alla ricerca di lei, con il cuore in mano... ma, in quel letto, c'è solo una donna avvolta da fasciature, dalla testa ai piedi. Difatti, si intravvede solo la sagoma di una persona. Le uniche parti scoperte del corpo sono gli occhi, chiusi, ed una parte della mano. Il resto non si vede. Sembra una sorta di umanoide di carta, immobile, una mummia che però sembra vivere grazie ad alcuni macchinari che garantiscono l'ossigenazione dei tessuti e registrano i suoi parametri vitali. Un monitor risuona come un antiquato videogioco di tennis, mentre i misteri della medicina moderna ed un groviglio di tubi sembrano soffocarla.

Capitolo tre

Alphonse non si è addormentato. Ma non per un incubo. È terrorizzato proprio dal silenzio di tomba della stazione della metropolitana. Alphonse si sente più tranquillo quando è circondato dalla confusione. Si potrebbe pensare che in mezzo alla gente, tra le persone che vivono la loro vita normale, possa sentirsi emarginato... invece si sente avvolto da un velo di protezione.

La settimana scorsa hanno dato fuoco ad un senzatetto. I soliti stronzi. Delinquenti... Forse gruppi di neonazisti...

Si è addormentato. Deve ammetterlo. Non pensava che ci sarebbe riuscito. È molto tardi. Saranno... le tre del mattino. Lo deduce da quell'odore di notte profonda. Si disperde tra le voci lontane. Il trambusto della strada, delle auto di giorno non si sente... Di notte, solo il ronzio di una mosca del quartiere vicino provoca un rimbombo assordante nella stazione.

Si alza. Si sgranchisce le gambe... sta curiosando... Oltre al tremendo rombare del motore di un taxi in partenza che, come un tornado, s'infiltra all'imbocco della metropolitana,

Alphonse avverte una presenza che sta per fare irruzione da un momento all'altro, oltre i servizi igienici.

E infatti… arriva un ragazzo. Indossa uno splendido vestito. È molto attraente. Ha i capelli spettinati, leggermente lunghi, ma non è un capellone. Infatti scuote la testa, come se fosse appena sceso dalle montagne russe. Nonostante il suo piacevole aspetto, sembra un pò sciatto. Si vede che fa baldoria. Dietro di lui, una ragazza. Ride a crepapelle. È una ragazza come tante altre. Il giovane, con il suo modo di fare, le ronza intorno.

…Si sta rimettendo le mutandine. Hanno fatto qualcosa in bagno. Perchè le aggancia la bretella del reggiseno. Anche il suo make up sembra un quadro di Picasso e, mentre cammina porta le scarpe in mano, stanca di essersi torturata i piedi per tutta la serata.

—Amico, non ci posso credere! —il ragazzo dice ad Alphonse. E non è un ragazzo. È piuttosto adulto… ma gli anni se li porta benissimo. È un cavaliere, una specie di corteggiatore aristocratico dai bellissimi occhi azzurri. Alphonse crede di trovarsi al cospetto di un angelo meraviglioso, che, stranamente, non si comporta come tale: mostra un preservativo, che si è trasformato in una sorta di relitto molle. —Avresti per caso uno di questi?

Alphonse fa cenno di no con la testa. Poi il mondo si ferma… riflette un attimo e, con uno sguardo, il "ragazzo" gli indica il distributore di preservativi.

—Ehi, amico —dice. —Non so cosa farei senza di te! —lo punzecchia, mentre si avvicina al distributore… Da un'occhiata alle istruzioni… La ragazza lo aspetta, nel frattempo dice qualche cavolata. —Merda… aspetta… —e si mette le mani in tasca… Il suo vestito vale migliaia di dollari, il suo portafogli anche… Porta uno splendido Rolex con diamanti… eppure, non ha con sé neppure una stramaledetta moneta; si svuota le tasche, fino a strapparle e tirarne fuori la fodera. —Porca… —e, impotente, comincia a prendere a pugni il distributore, sul quale non c'è nemmeno una fessura per introdurre una dannata carta di credito! —Niente da fare, piccola… Ti tocca succhiare… —avvisa. Poi ci ripensa. Guarda il mendicante, che è ancora lì, fermo. —Ehi senti… —gli dice… —So che non è giusto… —è esitante… —Avresti per caso una moneta?

Sì, non è giusto. Il mondo alla rovescia. Un "cliente", un pezzo da novanta, che chiede l'elemosina ad unsenzatetto.

Certo… è ovvio che un mendicante porti sempre qualche spicciolo con sé. È normale. Alphonse non risponde… Cammina tranquillamente, e si avvicina al distributore, mentre il ragazzo e la ragazza lo osservano. Introduce alcune monete… e, con l'indice, scorre l'elenco dei prodotti, dall'alto al basso: preservativi XL, XXL, alla menta, profumati, neutri… extra lubrificati…

—…Non ho intenzione di fare il difficile proprio adesso!—dice il ragazzo. Con questo, vuol dirgli che schiacci subito un pulsante qualsiasi.

Alphonse preme. Il preservativo viene erogato. Il dongiovanni d'oro lo prende, lo bacia e poi fa cenno ad Alphonse di aspettarlo un minuto.

—Torno subito —avvisa.

E, ovviamente, la coppia torna in bagno. Va a trombare. A sfondare qualche porta ed il gabinetto, o magari a montare un pò nel lavandino.

Alphonse torna indietro… e poi li sente ansimare.

Sorride. È adagiato nel suo solito posto, il suo angolino di sempre. Si sente strano. È il posto che ogni giorno lo accoglie, eppure, in quel momento, vi stavano accadendo cose strane. E nemmeno così strane, perchè sa che la gente, d'abitudine, fa sesso nei bagni. È la legge della sopravvivenza. E non della specie, bensì della salute mentale.

Li ascolta, proprio come la gente, di solito, ascolta l'incantevole musica del suo violino. Forse, quando escono lancerà loro qualche moneta… per permettergli persino di rifarlo, magari senza correre il rischio di concepire un figlio o di trasmettersi qualche malattia venerea.

Hanno finito… Il silenzio totale lo annuncia. Un'efflorescenza sul soffitto sembra palpitare simpaticamente. In lontananza, nella galleria, si sente una "locomotiva"… ma non si vede arrivare… Sono i suoni confusi della stazione, ambigui quasi quanto quel silenzio, nel quale Alphonse riesce vagamente a distinguere il tintinnio della fibbia della cintura del ragazzo.

È lei la prima ad uscire. Sembra più ubriaca di prima. Ubriaca o drogata, fa lo stesso. Barcolla un pò, poi porta la mano alla bocca e torna indietro; va in bagno a vomitare. Ricompare il ragazzo, che per poco non le cade addosso, guardandola con un'aria tra il divertito ed il sarcastico. Sembra ancora più disordinato di prima. È evidente che qualcuno ha esplorato i suoi pantaloni da cima a fondo. Persino il suo cravattino è stropicciato e penzolante.

Poi vede Alphonse. Gli sorride. E gli va incontro… difatti si lascia cadere vicino a lui, come fosse un altro senzatetto.

—In ogni stazione dovrebbe esserci un angelo custode come te, amico!—gli dice. —Ti farei una ricevuta, o qualcosa del genere, anche se potrebbe sembrare ipocrita—si scusa, per il prestito. Per lui non sono altro che soldi che entrano ed escono. —Ehi… sarai pure un senzatetto… ma per me questa è una cosa molto seria. Sai bene che c'è gente che vi disprezza—in effetti, quel tipo ha bevuto. Tanto. Ha sniffato anche qualcosa. I suoi occhi allucinati dicono tutto. —Ti lascerei in pegno il mio Rolex, poi però saresti tu a prendermi in giro! Non ti posso nemmeno lasciare la mia patente, perchè mi hanno già multato abbastanza… —ragiona, emettendo una specie di singhiozzo, che si unisce ad un rutto, tanto che non si capisce bene cosa stia accadendo nel suo stomaco.

—Non mi devi niente—dice Alphonse.

—No, scordatelo! Questo è un patto tra gentiluomini. Soprattutto perchè si tratta di qualcosa di una certa importanza… vogliamo chiamarla…virilità? Grazie a te mi sono appena fatto una scopata, lo sai!

—Beh, non esagerare. Sei attraente. Si vede che sai cavartela da solo.

—Oltre ad essere generoso, sei molto sincero.

—Sono quello che sono… o meglio, quello che mi hanno permesso di essere.

—Dici così perchè vivi in strada?—e, subito dopo, il tizio scuote la testa. —Scusa, io sì che non dovrei essere così sincero! Forse hai bisogno di svagarti un pò. Non saprei… Cos'hai lì? —chiede del violino. —Passi il tempo suonando?

—Sì. È il mio forte!

—Una di quelle poche cose che ti restano? Della tua vita passata, voglio dire!—e, adesso, rutta.—Mi dispiace… —chiede scusa. —Per tutto, rutto compreso. Insomma, avrai capito: non te lo sto chiedendo per farmi gli affari tuoi. Anch'io suonavo uno strumento…il sax. Mia madre voleva che facessi bella figura nelle riunioni dell'alta società.

—Capisco. Sembra che per te sia stato un trauma.

—Non posso negare che, in qualche modo, sono riuscito ad entrare in sintonia con l'essenza del sax —spiega il tipo, inclinando la testa. —Ma… cazzo! No, me l'hanno sempre messo in quel posto, fin da quando ero piccolo. Odio la musica classica. Tu, invece, sembri molto affezionato al tuo violino.

Se lo tiene stretto. Di solito non se ne separa neppure per dormire, perchè è uno di quelli costosi, e qualcuno, sia della strada che non, potrebbe portarglielo via.

—Cose della vita —spiega Alphonse.

—Ah, mondo crudele…

E la ragazza esce dalla toilette. Il ragazzo, divertito, non vuole più avere a che fare con lei. Si rannicchia nell'angolo, nascondendosi. Si mette il cravattino sulle labbra e lo lascia lì, reggendolo con la bocca… facendo finta di avere i baffi. Non vuole che la ragazza lo veda.

—Marcos…? —lo chiama.

Marcos non risponde. Fa solo un cenno ad Alphonse affinchè se ne stia zitto… perchè la donna resti lontana da lui.

—Marcos…?

La ragazza, guidata dalla sua rassegnazione, va dove deve, dove non troverà il ragazzo che vuole sbarazzarsi di lei.

—Credevo fosse la tua ragazza!—dice Alphonse.

—Chi? Quella? Assolutamente no! Le storie serie non fanno per me. Io sono una specie di "servizio pubblico".

—Fai bene.

—Faccio del mio meglio. Papà si è rovinato per stare insieme a mia madre. Ha sfasciato tutto…

Alphonse resta in silenzio. Sembra proprio la sua storia.

—Sei impegnato…? —e lo guarda, quel Marcos. È una domanda stupida. —Hai una famiglia, dei figli?

—Sei fuori? Vivo in strada!

—È vero… in questa vita ci sono mestieri molto strambi.

—E qual'è il tuo?

—Lavorare io…? Aspetta, vado a prendere un dizionario.

Capitolo quattro

Per la seconda volta in meno di ventiquattr'ore, qualcuno si lascia cadere vicino ad Alphonse. Questa volta, in piena "luce del giorno". Vale a dire, quando la stazione è piena di gente. Chi si butta lì, per terra, in mezzo a tutta quella folla, non lo fa di certo per salvare la faccia.

Chiaramente… è il tipo strano, quello del vestito e dei fiori. Oggi è vestito uguale. Stessi vestiti. Stessa insolenza. Il mazzo di fiori è diverso, ma sono sempre appassiti.

—Ciao, amico!—dice.

Comunque, è un tipo da cravatta. Non dovrebbe buttarsi così, per terra, nella sporcizia. La gente lo guarda. Però… proprio quello che ci vuole perchè, finalmente, qualcuno si accorga di quel signor nessuno.

—Ciao —dice Alphonse. —Come ti è andata?

—Bene, amico… bene… —e, in qualche modo, sembra essere più gentile di ieri. Sì, ha vinto una grande sfida. Finalmente aveva trovato il coraggio di entrare in quella stanza d'ospedale. Dal canto suo, Alphonse si sente un pò in imbarazzo, perchè non sa se gli rinfaccerà il fatto che, ieri, sentendosi di troppo, aveva deciso di non suonare la "ballata" del suo violino, e se n'era andato. Li aveva lasciati soli. Dopo tutto, era un incontro galante! —Ieri è stata una giornata meravigliosa — dice. No... non si era neppure accorto che Alphonse se l'era svignata.

—Sono contento... Lei chi è?

—Lei? —è sorpreso, come se tutti dovessero sapere di quella donna. —È Dominique —precisa, anche se, in realtà un nome non dice nulla.

—Il tuo amore platonico?

—Il mio amore, sì —sospira. —Non ci vedevamo da vent'anni —spiega; anche se, ve dersi... è una parola grossa. Quella che ha visto è solo una persona avvolta nella "carta". —Ho aspettato questo momento per tutto questo tempo— ed ora ci ripensa. Senza dubbio, una parte di tutti quei giorni trascorsi pensando a lei, si sta spegnendo in quell'espressione smarrita, angosciata.

—E ti è andata bene? Ieri, voglio dire.

Ieri s'intende, solo ieri... perchè quei vent'anni devono essere stati piuttosto amari.

—Sì, bene... Sono rimasto a farle compagnia fino a tardi. È stato molto bello—Sì, soprattutto perchè non sapeva cosa dire. Se ne stava lì come un cane da guardia, o come le guardie di Buckingham Palace, che restano impassibili alle foto ricordo scattate da turisti impertinenti. Era arrivata la madre di Dominique, che ormai rappresentava quasi il suo ultimo legame con l'umanità; e allora sì che avrebbero potuto parlare un pò... soprattutto del tempo, del prezzo delle verdure, di quanto fosse pulito l'ospedale... ma non di cose importanti. Una chiacchierata riempitiva per situazioni imbarazzanti. Poi, nel pomeriggio, mentre la mamma dormiva sulla sedia, russando talmente tanto da tremare come un vulcano assopito, l'amante perduto vent'anni prima tornava a dedicarsi alla sorveglianza, controllando continuamente i movimenti altalenanti della "pallina" del dispositivo per il monitoraggio dei parametri vitali. Con la stessa precisione, in modo quasi matematico, controllava la goccia di soluzione fisiologica, per poi perdersi oltremodo nell'immaginare il momento in cui Dominique avrebbe aperto gli occhi. Secondo la madre, dato che le avevano appena effettuato un ultimo innesto cutaneo, per effetto dell'anestesia non si sarebbe risvegliata prima delle successive quarantott'ore.

—E come sta?

—Dominique…? Beh… Sta bene. È una ragazza forte. Sua madre dice che per due anni non ha fatto altro che entrare ed uscire dagli ospedali. La sua pelle si rigenera molto lentamente. È molto sensibile.

—Cosa le è successo?

—Un maledetto incidente d'auto. È per questo che io non ho la macchina: uccide. Per fortuna, Dominique si è solo ustionata.

—Capisco.

Quella, però, non era l'unità ustioni. Dominique c'era già stata molto tempo prima. Adesso è una paziente di prima linea degli interventi di chirurgia estetica, in lotta continua contro una cute debilitata dal suo stesso accrescimento, che sembra crescere in modo anomalo.

—Quell'assassino del suo fidanzato scappò dalla macchina in fiamme, ma non tornò a soccorrerla.

—Oh… —mormora Alphonse, con un filo di voce.

—L'ha abbandonata—e il tipo si volta per guardare Alphonse negli occhi. Se quelli fossero gli stessi occhi di quel fidanzato senza scrupoli, l'eterno innamorato lo avrebbe strangolato immediatamente a mani nude. —È un vigliacco. Ha avuto persino il coraggio di venire a trovarla in ospedale solo una volta… Quando ha visto che la sua meravigliosa Dominique era diventata una fetta di pane tostato, l'ha mandata al diavolo…

—Sì, ci sono persone così.

—Io no— afferma. È una risposta secca, veloce, sicura. Non ha alcun dubbio. Ha vissuto per vent'anni aggrappato ad un sogno… Alphonse la pensa così, e vede qualcosa di ridicolo in quella storia. Vent'anni, dedicati anima e corpo a qualcuno che non puoi vedere e che, per di più, nemmeno ti conosce.

Cazzo… Alphonse si sofferma. Il suo è un piccolo ma eterno lapsus. Si è appena immedesimato in quella storia; in fondo anche lui è innamorato di una Carla che non solo non esisteva fino a poco tempo prima, ma che, essendo frutto della sua immaginazione, non avrebbe mai potuto esistere davvero… Almeno fino a qualche giorno prima. Meglio poco che niente… si consola. Sì, ci sono alcuni imbecilli che vivono di amori impossibili. Lo splendido innamorato ed il suo mazzo di fiori, con il suo modo di vestire, bene o male, è un altro di quegli avventurieri dell'amore impossibile ed incerto, quello che ti soddisfa più per quello che immagini che non per quello che realmente accade.

—Dominique faceva reportage di moda — spiega il tizio. —Era una modella… Una modella stupenda…

Beh… dopo vent'anni, sarà invecchiata un pò.

—Doveva essere molto bella! —dice Alphonse, per educazione.

—È molto bella — lo corregge l'innamorato. —Lo so, ha riportato gravi ustioni… ma, nel mio cuore, qualcosa mi dice che, sotto tutte quelle fasciature, c'è ancora quella meravigliosa creatura divina.

La meravigliosa creatura divina… che sfugge alla prigionia delle sue bende, per mostrarsi più bella che mai. Quasi come la metamorfosi di un bruco, che esce dal bozzolo con le ali di farfalla. Verrà fuori così, nuda, con i seni floridi, il ventre piatto e scolpito, il pube liscio e definito, le splendide gambe muscolose... la chioma fluente ed ondulata... con la voglia di fare l'amore.

Alphonse assolutizza le aspettative degli innamorati. Sì, c'è molta fantasia di mezzo.

—A proposito, mi chiamo Benôit —si presenta, porgendogli la mano. Alphonse gliela stringe.

—Alphonse.

—Piacere. Non avevo mai conosciuto un musicista prima d'ora.

—Bene... Sei il primo "cliente" che è riuscito a farmi suonare in un ospedale... anche se dovremmo sistemare la faccenda, perchè l'altro giorno ti ho piantato in asso.

—Oh, sì, certo —Benôit si fruga nelle tasche. Sta cercando i soldi —Quanto ti devo?

Non ha capito niente. Vive fuori dal mondo. Sembra un idiota. Cioè... si veste come un idiota, cammina come un idiota e si comporta come un idiota...probabilmente sarà un idiota.

—Mi dispiace… ma non ho mantenuto la mia parola —Alphonse, che vuole essere onesto, chiede scusa.

—Beh, almeno sei entrato ospedale. È già tanto.

—Però non mi devi niente.

—Va bene, d'accordo…Ti devo un favore.

∗ ∗ ∗

"Ti devo un favore, amico!"

Di buon'ora, appena arrivato al suo solito posto, Alphonse trova quella frase. Qualcuno l'ha scarabocchiata con il rossetto. Non ci vuole un genio per capire che è opera di Marcos, il bellissimo seduttore notturno che, di sicuro, anche la scorsa notte era passato alla stazione e lo aveva cercato. Un tipo onesto, a quanto pare. Vuole saldare il suo debito. Quello del preservativo d'emergenza, s'intende.

…Alphonse spera solo che la donna che era con lui, quella che deve avergli prestato il rossetto per scrivere, avesse qualche profilattico nella sua borsetta. Continua a ripetersi che quella di ieri notte non era la stessa ragazza dell'altra volta. Si presume… Un ragazzo bello e piacente come lui, non è il tipo da ragazza fissa.

La giornata trascorre tranquilla, senza intoppi…. Alphonse suona il violino, la gente fa l'elemosina… fa una pausa per mangiare… e, continua ad osservare le persone, cercando Carla. Lei, anzitutto.

Capitolo cinque

Adrienne insegue Marcos per tutta la discoteca. Non è la donna dei suoi sogni, ma qualcosa dentro di lei, forse gli ormoni femminili, continua a ripeterle che deve legarlo a sé comunque. È bello, dai modi tipicamente italiani, elegante, ricco… meraviglioso, un pò uomo, un pò bambino, con la sua sfacciataggine e la sua messinscena ancora più irriverente:

—Piccola, quando mi saluti con quel neo mi fai perdere la testa— Lei è cosciente del suo neo sul seno sinistro, schiacciato contro il destro, in un'abbondante scollatura, e lo gratta come fosse una macchia.

—Ti va di ballare, Marcos? —gli si appiccica addosso. Ma tra le braccia di Marcos c'è una ragazza. Cioè, non sono del tutto abbracciati, ma sta parlando a voce alta, per via della musica, con una mulatta che vuole portarsi a letto quella sera stessa. Chissà? Forse Adrienne lo ama a tal punto da accettare di fare un trio.

—Mi piacerebbe, bella… ma… non saprei… magari potremmo fare un trio sulla pista da ballo!

—È ridicolo! —dice la mulatta.

—No, l'abbiamo fatto l'altra volta, ed è stato sensazionale! Ops… scusa Adrienne, tu non c'eri.

—Infatti! Mi hanno detto che stavi con una troia.

—No, non era una troia. Era una bionda bellissima.

—Appunto, una troia.

—Oh, beh…Non sapevo che le bionde fossero tutte zoccole.

—Quindi io sarei una zoccola? —Adrienne è fuori di sé. Lei è bionda tinta. E Marcos glielo ricorda:

—Bella! Tu sei tinta! Questo ti salva.

—Senti… Non voglio casini —dice la mulatta. —Se non vi dispiace…—e fa per andarsene. Si apre un varco ed esce…

Se ne va.

—Hai visto cos'hai fatto? —Marcos ride. — È un peccato farsi scappare una bambolina come quella, dalla pelle d'ebano.

—Un'altra battona che non fa per te.

—E allora sentiamo…saresti tu quella giusta per me, Adrienne?

—Perchè no? Non mi hai ancora dato un'opportunità!

—Stai scherzando? Siamo andati a letto un sacco di volte. Oh, scusa —e cambia atteggiamento. —Mi dispiace, sono un maleducato; posso offrirti qualcosa da bere?

—Sì, grazie…

E cambia. Ma non nel linguaggio. Ha la lingua lunga. La sua educazione si vede nelle attenzioni rivolte ad una donna, e non offrirle da bere è un errore.

Mentre Marcos chiama un cameriere, ed ordina per " la sua ragazza", lei dice:

—Sei un porco, Marcos! —

—Tutti abbiamo un animale dentro. Ti sei vista con gli amici?

—No… non mi sono vista con nessuno— la donna si guarda intorno; ovunque ci sono flash, luccichii e figure che ballano o stanno sedute al bancone ed ai tavoli. —Sei venuto da solo?

—No… Ero con amici, ma li ho persi. O meglio, ci dividiamo quando si sente odore di flirt. E tu? Sei venuta da sola?

Non risponde. Adrienne sa che una donna che esce da sola, all'alba, è senza speranze.

—Hai qualche idea? —chiede lei.

—No, per adesso no.

Che cosa assurda! È chiaro che ora è Adrienne il suo obiettivo.

—Ed io…? Per caso non mi vedi?

—No, davvero… occupi molto spazio —e l'afferra per i fianchi. Sì, è un pò cicciottella. Per fortuna, quella cafonata è una di quelle che piacciono ad Adrienne, perchè Marcos guarda spudoratamente la sua scollatura.

—Le tue tette mi fanno impazzire —dice.

Lei sorride. È proprio quello che voleva sentirsi dire.

Finiscono nell'attico di Marcos. È un appartamentino, ideale per un single come lui, con vicini altrettanto single che fanno a turno per martellare le mura con l'andirivieni delle testate dei letti, quando fornicano. Sì, perchè in quel palazzo si tromba tanto. Ci vivono studenti ed onesti imprenditori. Tutta gente giovane ed intraprendente. Gente chic. Quando qualcuno si scatena, si capiscono al volo; nessuno va a suonare alla sua porta e neppure va a lamentarsi se per caso, a mezzanotte, qualcuno se la sta spassando.

Lì, in salotto, Marcos si butta sul sofà, perchè sa che Adrienne farà un servizio completo: prepara da bere, mette un pò di musica a palla, sposta le tende... Spesso non lo fanno, perchè si mettono a sbirciare le conquiste dei playboys del palazzo di fronte, che lasciano le luci accese e le tapparelle alzate di proposito, per curiosare le conquiste altrui. Innamorati di alto livello, quindi.

—Guarda cosa ho comprato! —dice lei, mentre porta i drink. Ha tra le mani un libro enorme. Marcos non sa come diavolo abbia potuto metterlo in borsa.

—Che cavolo è? —e lo sfoglia. È un libro sul sesso orale, per un pubblico femminile. —Cazzo!... È il massimo...! Un libro che spiega come...

—L'ho letto tutto.

—Ah, sì? —lui l'allontana. Avrebbe dovuto mettere subito via quel maledetto libro e tirarsi giù i pantaloni. Ma Marcos rimane sconcertato nel vedere fino a che punto si spingono le case editrici. Stupito, continua a sfogliare il libro, con molto interesse. Lei, nel frattempo, comincia a toccargli i genitali; in fin dei conti, lo scopo del libro è quello. —Aspetta, gioia… Voglio metterti alla prova… Fammi vedere questo schifo!

* * *

—Davvero, non mi aspettavo di rivederti— dice Marcos. Se ne va in giro per la stazione, tutto sorridente, con le mani in tasca. Alphonse si da una sistemata, ma lui, con il palmo della mano, gli fa cenno di non disturbarsi. —Ogni promessa è debito —dice, tirando fuori dalle tasche una banconota verde: cento euro. —Te le meriti, amico.

—Cento euro per un preservativo?

—Quello che conta è l'intenzione. Ti garantisco che la pupa dell'altra volta non li vale, ma tu sì.

—Non posso accettare.

—Non fare il modesto.

—Davvero. Non è così che funziona.

—Ah no…? Allora come funziona? —e Marcos è un "animale notturno", che viaggia parecchio, in giro di qua e di là. Nel chiedersi "come funziona", evidentemente si chiede come faccia a vivere di elemosina.

Alphonse si spiega:

—La gente ascolta la mia musica, o no… non importa, e mi offre qualche spicciolo… ma sempre e solo spiccioli. La musica non riempie di certo il portafogli.

—Forse vali più di quel che pensi!

—Vali a seconda del posto in cui ti trovi.

—Scherzi? Vuoi dire che la ragazza che mi sono scopato l'altro giorno in bagno, vale solo quanto una puttanella?

—Questo lo hai detto tu.

—Sì, certo. Ti stavo mettendo alla prova. Tu sei un signore —Marcos si guarda i vestiti. È

elegante, come sempre. —A me, invece, non me
ne frega niente di passare per un buffone!

—Anche tu vali!

—Stai interpretando la realtà in modo un pò
distorto, amico. Sarà per il violino; tanta musica
classica ha debilitato i tuoi sensi. Se dai ascolto a
quelle chiacchiere, tutto sembra celestiale e
meraviglioso.

—No. La vita è una gran puttana!

—Cazzo, quanta saggezza! Sì, mi sembra
una definizione molto azzeccata.

—Eppure… non mi sembra che la vita ti
abbia trattato male.

—Dici così per le mie puttanelle? Per il mio
vestito…?

—Beh, scusa se mi fermo alle apparenze!

—Non puoi fare altrimenti; del resto, non ci
conosciamo. Mi chiamo Marcos —Si presenta. Gli
da la mano.

—Piacere… Vedi?, ti sei già fregato!

—Chi, io?

—Sì. Ti eri già presentato l'altra volta!

—Non mi dire…Beh, l'altra volta ero un pò stordito! Sai, gli "extra" della notte!

—Droghe?

—Sì, qualcosa del genere, per rallegrare la vita. Tu bevi, vero?

—È da tanto che non bevo.

—Beh pensavo che tutti i barboni bevessero!

—Bere per dimenticare… —dice Alphonse. È una battuta da barbone, naturalmente!

—Beh, non ci angosciamo. Senti … Che ne diresti di distrarci un pò?

—Vuoi offrirmi una pista?

—Quello dopo! Prima vorrei invitarti a mangiare qualcosa.

—A cena fuori?

—Sì, perchè no? E non preoccuparti; saremo all'altezza della situazione.

* * *

Marcos guida una Ferrari…. Certo, Alphonse aveva sempre immaginato che una Ferrari fosse un'altra cosa. Forse qualcosa di più sofisticato. Si presenta come l'auto che sfreccia sull'asfalto… Ma all'interno dalla vettura fa molto caldo… il che, comunque, di notte è piacevole. Il sedile puzza d'olio e sembra una specie di postazione per astronauti; niente radio, GPS, e nemmeno il rivestimento interno delle portiere, in cui si vedono i fili d'acciaio che vanno avanti ed indietro, in base al movimento della levetta che regola il meccanismo di chiusura. C'è solo un finestrino scorrevole, in plexiglas.

—Deluso? —chiede Marcos.

Alphonse non risponde.

— È il mio "giorno libero"; oggi niente conquiste. Voglio pensare a me… Questa non è un'auto per donne. Almeno, vista dall'interno. È un'auto per correre.

…Gli è costata quasi cinquecentomila euro. Non c'è bisogno di aggiungere altro. Sì, è un vero e proprio missile che poche donne riuscirebbero ad apprezzare. Una lepre bellissima, tutta rossa… ma con interni così spartani da spaccarsi la schiena.

—È scomoda, rumorosa, vecchia… Non è un'auto per ragazze.

Nemmeno Alphonse se ne intende. Non riesce a capire la spavalderia degli uomini. Una F40… debitamente truccata, che può raggiungere una potenza di mille cavalli. Alphonse non sa nemmeno cosa significa. In sostanza, dev'essere come un grade pene. Assomiglia ad un pene nero, africano.

Di sicuro, dietro al Rolex, al vestito elegante, al portafoglio in pelle di coccodrillo ed alle scarpe su misura… si nasconde un tipo pronto a fare esperienze di ogni genere. È un linguacciuto, ma non uno stronzo, nè uno di quei super presuntuosi delle classi alte. Si mette a ridere nel vedere la faccia di Alphonse, quando entrano in un vicoletto. La vettura è talmente larga che non c'è quasi spazio per aprire gli sportelli. Sotto le luci del neon, appare il retro di un ristorante giapponese. Infatti, dalla finestra della cucina, piena dei fumi delle zuppe, spunta un fascio di luce, come fosse una finestra paradisiaca, rivolta al cielo. Da lì si affaccia un "cinese", con un macete in mano. Un cuoco, che sorride.

Alphonse resta di sasso. Marcos non ha voluto mortificare il suo ospite, invitandolo ad un ristorante. Invece di portarlo a casa sua, fargli indossare un bel vestito solo per un giorno e fargli vivere qualche ora di gloria, invece di fargli sfiorare una vita dorata per poi lasciarlo sprofondare nuovamente all'inferno, il ragazzo ha avuto il buonsenso di essere lui a scendere ai bassifondi.

Decidono di mangiare lì. Prende accordi con il cuoco che, in cambio di pochi euro, porta subito un pò di tutto, come gli avanzi che prepara a cani e gatti randagi.

—Mi hai sorpreso —confessa Alphonse, seduto lì, su una sedia improvvisata. Una tovaglia sopra un bidone della spazzatura rovesciato. Quella è la tavola.

—È fantastico!—dice Marcos. —Davvero… direttamente dalla padella alla bocca! E le stelle…

—Beh, spero solo che tu non abbia cambiato "gusti" e che questo non sia una sorta di "appuntamento".

—No… Non sei il mio tipo. A me piace avere autorità.

—Con le donne funziona. Ma non è questo il tuo segreto, vero?

—Assolutamente no! Le donne sono molto superficiali. Almeno, tutte quelle che ho incontrato. Un ragazzo benvestito e con una macchina rossa, è l'oggetto del desiderio per eccellenza per un certo tipo di donne. Poi mettono il broncio perchè la Ferrari è una tortura. Godo quando vedo la sofferenza sui loro visi, si vede che sopportano quel disagio solo perchè pensano di riuscire ad incastrarmi.

—E non ti sei mai innamorato?

—Attenzione… Pericolo! Con me è impensabile usare questo linguaggio antiquato. Credo che quella parte del mio cervello non sia sviluppata a sufficienza.

—Bene, sei molto fortunato.

—Penso di sì. E, visto che siamo in argomento, tu sì che hai una faccia triste.

—Si vede tanto?

—Sei molto silenzioso…

—Beh, adesso sto parlando!

—Sì, ma con monotonia. Dentro di te c'è un'anima silenziosa. O meglio, ridotta al silenzio.

—Sì, forse hai ragione.

Accidenti… il cibo sta scappando dalla "tavola". Alphonse si acciglia. Non sa come… ma un polpo. si sta dando alla fuga. È cibo esotico. In realtà è un ristorante giapponese molto caro. Il pesce è ancora vivo quando vi versano sopra una "salsa" di verdure, ancora bollente, ed i polpi vengono serviti in "salsa"… cioè, vivi. Marcos riesce a recuperare il polpo in fuga, lo arrotola e se lo mette in bocca così, intero.

—Qualcuno deve averti divorato proprio come io ho mangiato questo piccolo polpo — spiega, con la bocca piena.

—Sì, qualcosa del genere.

—Cos'è successo?

—Niente… la solita storia. È inutile parlarne. Non sono tanti i motivi per cui puoi perdere una donna… muore, ti mette le corna, gliele metti tu, lei si è stancata… o ti sei stancato tu…

—...Il morto sei tu... Ammettilo, sei una lagna!

—Sì, forse sono diventato così!

—Beh... cazzo! Bisogna sempre tenere viva una piccola speranza. Dovresti venire con me una volta, ti farei conoscere delle ragazze. Potrei aiutarti io!

—No, non posso farlo. Sono... — Alphonse ci mette un pò a decidersi. Alla fine, lo dice: —Sono innamorato.

Marcos resta di sasso.

—Cazzo... è la scusa più stupida che abbia mai sentito!

—No, sul serio. Sono innamorato veramente!

—Ops... E, di chi?

—Di... —e, un'altra volta, fa fatica a dichiarare i suoi sentimenti. Forse non è un amore normale. O meglio, lo è a tutti gli effetti, fatta eccezione per le particolarità della sua storia di fantascienza. —Di Carla.

—Beh, il nome è eccitante. Chi è, una collega di lavoro? —scherza. O forse no, non sta scherzando. Magari pensa che quella ragazza sia anche lei una senzatetto.

—La cosa buffa…è che non so ancora chi sia.

—Oh… cazzo, che casino! Questa stronzata dell'amore è già di per sé una cosa complicata, tu sì che l'hai ingarbugliata ancora di più!

—Solo che…è strano… l'ho vista l'altro giorno, ed ho capito che era lei!

—Questa storia non ha nè capo nè coda. Dev'essere una specie di amore allucinogeno che ti annebbia il cervello.

—Amore… —risponde Alphonse, con un tono quasi sarcastico.

—Suppongo di sì. Beh, forse non sono la persona più adatta per parlare di queste cose. Comunque, secondo me, devi esaminare questa follia con un altro bicchierino.

—Beh non ti ho ancora raccontato la cosa più incredibile: Carla non dovrebbe esistere. Cioè, è l'amore storico della mia vita. L'amore immaginario della mia infanzia.

Marcos non risponde. Non sa se ridere o piangere, quindi mangia.

—Continua —chiede.

—Beh… l'ho vista l'altro giorno. Esiste! Sai cosa significa questo?

—No…

Allora Alphonse resta in silenzio. Sì, è vero. Nemmeno lui sa cosa significa. Cosa le dirà? Come si relazionerà con lei? L'amore non può essere solo sentimento… L'amore deve anche avere una logica. Persino Benôit ed il suo amore per Dominique glielo avevano dimostrato l'altro giorno; lei aveva dovuto subire un incidente di quella portata perchè lui potesse entrare nella sua vita. E per di più, era ancora tutto da vedere.

Noi non siamo come i cani nel parco che si annusano il posteriore, riconoscono il "desiderio" reciproco e lasciano che la Natura faccia il suo corso.

Esseri umani… C'è bisogno di un rituale per unire un uomo e una donna. È così. Devono complicare tutto… di mezzo ci sono i soldi, un posto di lavoro, una famiglia, una cena, un figlio… Non ci si può accoppiare nel parco.

…Beh, forse Marcos sì!

Capitolo sei

Evidentemente, Carla continua a non esistere. Ad ogni giorno che passa, Alphonse se ne rende conto. Fino a quando continuerà a non farsi vedere in stazione, rimarrà soltanto nei suoi sogni.

Benôit, con il suo amore "incartato", è un caso a parte. Se ne va in giro per la stazione della metropolitana, grondante di sudore. E, non solo per questo, sembra quasi luminoso, un ippopotamo. A quanto pare, i fiori che porta sono sempre più rossi. Rossi d'amore.

Dominique si sarà già svegliata? Lo avrà ricambiato con un sorriso?

Sale su, all'ospedale, come fosse il signore del castello. Non si nasconde più. Infatti si nascondeva dalla donna che ama. Sicuramente fuggiva da quel confronto sovrumano con il suo io amante, con lo straordinario desiderio di vedere la sua amata… e fuggiva dall'esistenza del suo amore. Incontrarla… finalmente… anche se in un ospedale, dopo un delicato trapianto di cute… Non è un appuntamento in un elegante ristorante, in riva alla Senna. Non è il luogo nè la circostanza adatta… ma, in ogni caso, forse l'amore di Benôit è sempre stato un percorso sul filo del rasoio, piuttosto che un prato pieno di margherite.

Cammina felice. Senza fischiettare, perchè non è capace. Sorride. Sorride al nulla. All'immensità. Quando passa davanti ad una qualunque superficie riflettente, persino davanti ai vetri delle finestre, si ferma a controllare il suo aspetto, per andare alla ricerca di qualche imperfezione che solo uno svampito come lui potrebbe abbuonarsi.

Sua madre decide come si deve vestire. Benôit esce di casa così, lavato e pettinato dalla mamma. Vivono insieme in uno squallido appartamentino della periferia di Parigi. Non è altro che un mammone, un fallito e, in fin dei conti, solo un bambino cresciuto in peso ed età.

"Vai dalla tua ragazza!" gli ha detto la mamma. Lo incoraggia, come, d'altra parte, la mamma di Dominique che, per la sua povera figlia, ha scelto lui. Un patto tra comari che si sono messe d'accordo per unire i loro figli al momento opportuno, cioè quando la povera Dominique, con il suo corpo sfigurato, avrebbe almeno equilibrato la bilancia nel circo dei mostri che si amano.

Sì, Dominique si è svegliata. Ieri. L'aveva visto ieri. Aveva visto Benôit. E non aveva detto nulla. Le parole erano lì, pronte ad uscire fuori.

Invece, tutti davano per scontato che non potesse ancora parlare per l'anestesia.

… Aveva taciuto per Benôit. Ancora tace. Il suo mazzo di fiori? Offensivo. Il suo aspetto da presunto dongiovanni? Il suo fisico? Uno schifo! Il bellissimo ragazzo con cui era andata a finire nella cunetta, in quel triste incidente, fa ormai parte del passato… ed ora tutti pensano che quel ragazzo, quel Benôit, sia l'ultima speranza rimasta per una disgraziata come lei.

Aveva pianto… Oggi no, ma aveva pianto. Tutti pensavano che fossero lacrime di gioia, per la riuscita dell'operazione. Invece piangeva perchè a volte la vita va troppo veloce. L'agonia in ospedale, le operazioni, sua madre che la sorveglia, adesso ci si mette anche un ammiratore segreto, che resta al suo servizio tutto il santo giorno. Sembra un robot… l'acqua, la finestra, per regolare il freddo ed il caldo, le opzioni della televisione… niente male come maggiordomo. Ma niente di più, solo un maggiordomo.

* * *

—Credo che stia ricordando il suo amore per me. È passato tanto tempo da quel bacio…—dice Benôit, delirante.

Alphonse ne è convinto. Il ragazzo guarda la vita da una prospettiva troppo utopistica. Lo deduce dal fatto che è troppo entusiasta. Quando una persona considera l'amore in modo così gioioso e vivace, tanto da fantasticare sui sentimenti altrui, è perchè vede tutto dal punto di vista sbagliato. Anche per Alphonse è la stessa cosa, quando insegue i suoi sogni su Carla.

—A quell'epoca non ero così grasso—sorride Benôit. Beh, un'autocritica. Forse non è così idiota come sembra. —Credo di essere stato il suo primo bacio.

Non è quello il problema … il problema è: è stato l'ultimo?

—Pensi che ricordi quel momento? —chiede Alphonse. Il tipo si è rannicchiato lì, nella stazione, in una rientranza riservata ai vagabondi.

—Non lo so…

E, se la domanda è assurda, lo è anche la risposta. Dominique ha vissuto la sua vita. Quando vivi la tua vita non puoi ricordare quel genere di cose. In altre parole, Benôit non ha mai vissuto la sua vita, perchè non gli è mai appartenuta. Non è mai riuscito a voltare pagina…

Non sapendo cosa dire, resta lì, fermo. Forse, per la prima volta mette in dubbio la vera felicità di Dominique. Ieri era rimasto con lei per tutta la durata dell'orario di visite. Forse non era stato abbastanza generoso. Forse avrebbe dovuto fare qualcosa di più per lei… Forse ha bisogno di un corteggiatore malizioso che vada a farle visita per farla eccitare un pò… che, per di più, si prenda gioco di lei, chiedendole di guarire presto, perchè vuole portarsela a letto. Uno stronzo, quel tipo di amore spesso ricercato da alcune donne fatali, per sentirsi terribilmente felici, nel mezzo della tragedia.

—Non ci pensare più—Alphonse vuole incoraggiarlo. —Lascia che il destino faccia il suo corso— crede di dargli un consiglio, sapendo che anche lui fa la stessa cosa, aspetta il destino in quella stazione. Poi… magari lo forza un pò, uscendo dal suo "ruolo" di senzatetto ed inventando qualcosa da fare con lei, con Carla.

Ai confini dell'universo, mentre Alphonse torna ad esaminare le possibili strategie da attuare per conquistare un amore irraggiungibile, Benôit ripensa alle cose fatte ieri. Aveva imparato a memoria le medicine di Dominique, aveva letto i prospetti, li aveva cercati su Internet... aveva scoperto tutto quello che c'è da sapere sulle ustioni e sulle relative conseguenze, fisiche e psicologiche... sulle operazioni, gli innesti ed anche sulle parrucche...

Lui sta lì, fermo. Si trattiene. Sembra un robot in attesa di un laser invisibile o di un qualsiasi segnale wireless che lo metta in funzione. Poi, in caso di necessità, corre... anche se, essendo un uomo, qualche volta non aveva potuto rimanere in camera. Infatti, quando fanno il cambio delle fasciature, oppure le terapie, lo fanno uscire dalla stanza... Lui vorrebbe rimanere lì, ad aiutare. E guardare, naturalmente. La curiosità lo stuzzica. La parte più "perversa" di lui vorrebbe persino aiutarla a fare la pipì. Pulire i suoi bisogni... Farle il bagno, con la spugna, anche a costo di strapparle via qualche frammento di pelle.

Preparare il vassoio della colazione era sempre stato il suo sogno. Uno di quelli con una rosa, appena raccolta. Magari per il compleanno, con una piccola torta e tutto il resto. Naturalmente, sarebbe disposto a svegliarsi presto per preparare il primo pasto da portare a letto, alla sua principessa.

In ospedale, peraltro, si preoccupa di controllare i vassoi che le portano, con le brodaglie prescritte dalla dietista. Quindi controlla che le porzioni non siano più piccole di quelle di ieri, oppure che i cibi non siano stati presi dai vassoi di altri pazienti. Che non manchi nemmeno una briciola. Che tutto sia fresco, oppure caldo.

Uccide gli intrusi in modo quasi sadico. Insegue ogni mosca che vola qua e là, con una bramosia che solo il sangue riesce a placare.

Spegne le luci. Le accende. Controlla la qualità degli shampoo in bagno. La carta igienica… gli asciugamani… È capace di chiedere alle donne delle pulizie, autentiche generalesse, di lavorare un pò di più, oppure di portare nuove forniture, se quelle che hanno servito non sono all'altezza.

…Ha già indagato nella vita privata del chirurgo, del dottore, della dietologa e di alcune infermiere… Creando un fake account, si è intrufolato nei loro profili Facebook. Li conosce, li controlla, sono nel suo mirino. Sarebbe persino capace di pedinarli a bordo di un taxi. Ed è già andato a parlare con il chirurgo, il dottore, la dietista, le infermiere… ad ognuno ha chiesto informazioni sulle reali condizioni di Dominique, sui suoi miglioramenti, il futuro, la sua speranza di vita …tutto.

—Me ne vado —dice Benôit, alzandosi in piedi. Se ne va, pensa ai fatti suoi. Il guardiano aspetta; da quel momento, Alphonse diventa come una di quelle gomme da masticare appiccicate per terra. Stanno lì, ma nessuno le vede. Ora esiste solo Dominique. È il momento di Dominique.

Capitolo sette

Marcos porta Adrienne alla stazione. Alphonse lo vede arrivare. Li vede. È logico che il ragazzo sia in compagnia di una ragazza. Alphonse conosce già il rituale. Vanno ai bagni.

Prima di entrare, Marcos gli fa l'occhiolino ed, aprendo la mano, gli mostra un preservativo. La chiude…va dove deve andare; poi saluterà.

È notte. È tardissimo. Marcos è così, un animale notturno. Un animale molto dinamico. Di notte si accende, come le lucertole che si scaldano al sole per ricaricarsi. Il bagno inizia a vibrare… e qualche passante, di quei pochi rimasti, si ferma per un attimo sulla porta, sorride, poi prosegue. Altre volte, il "viandante" si fa il segno della croce e scappa via di corsa, oppure, indignato, scuote la testa.

Indignarsi… di fronte alla vita.

Finalmente, Marcos esce. Non è sorridente. È la sua consueta espressione. Mentre si avvicina ad Alphonse, accenna un sorriso. Forse, parlare un pò con lui gli sembra piacevole quanto farsi una scopata.

—Amico! —lo saluta. Si stringono la mano, anche se Alphonse la ritrae leggermente, fino a quando intuisce che il ragazzo si è lavato. —Come ti è andata la giornata?

—E a te la serata? Vedo che hai cominciato bene!

—Ti riferisci ad Adrienne? Pensa che l'ho portata qui perchè volevo parlarti di lei!

—Tu… parlarmi di una donna…? Allora mi hai mentito sul fatto che le donne servono solo a strusciarsi in bagno?

—No, non ho dubbi! Volevo solo farti capire di cosa sto parlando. Dobbiamo solo aspettare che Adrienne esca e capirai immediatamente.

—So già com'è una donna.

—Sì, ma forse non sai com'è una persecutrice!

—Le ficcanaso ti perseguitano?

—Proprio così.

—Beh… Cerca di frequentare altri ambienti …Non so!

—Ci sto provando; sto parlando con un senzatetto! Ti pare poco?

—Grazie per aver ricordato che sono solo un senzatetto.

—Ops, scusa… Uh, eccola che arriva!—e poi tace. Sorride. È un burlone.

—Marcos…? —Adrienne è nervosa. Si è vestita di nero, per nascondere qualche chiletto in più. È un vestito da sera, si vede che non è come appena uscito dal guardaroba. Sembra abbia fatto la guerra… Quindi cerca di lisciarlo a dovere. Paradossalmente, sembra essere appena uscita dalla doccia. —Chi è il tuo amico? —chiede, spostandosi per guardare oltre quello che vede di fonte a lei; un insignificante senzatetto.

—Questo è Alphonse —Marcos glielo presenta.

—Molto piacere.

—Piacere—balbetta lei. È una strana amicizia. Un tizio che sta seduto per terra… Anche se lei, poco prima, faceva la puledra in bagno, aggrappata alle mattonelle ed al rubinetto, con lo stesso ardore con cui alcune fanno un trio.

—Sto pensando di mettermi in società con lui —afferma Marcos. Alphonse lo guarda; per quel poco che lo conosce, gli risulta difficile capire se sta parlando seriamente oppure no.

—Nella casa di produzione?

—Sì, in qualità di... non so... qualcosa saprà fare!—e lo guarda. Alphonse si sente a disagio.

—È meglio che non ti metta nei pasticci— Adrienne vuole dare un consiglio ad Alphonse. Lui inclina la testa; non è un cattivo consiglio... anche se dovrebbe essere lei ad applicarlo a se stessa—Beh, ce ne andiamo? —chiede lei. È un modo delicato di mandare in malora un senzatetto che non conta nulla.

—Oh, no, cara... Con questi... —Marcos è un pò agitato. Si fruga nelle tasche ed, ora sì, previdente, tira fuori alcune banconote. —Tesoro... avevo pensando che potresti tornare a casa in taxi...

È una carognata. Adrienne non gradisce. È una cafonata, in perfetto stile Marcos. Questo ferisce le donne. Loro vogliono svegliarsi a casa sua, tra lenzuola di seta. Vogliono quel vassoio della colazione, rosa inclusa. Loro non vogliono un tipo che si gira nel letto, sbuffa, scorreggia e che ha gli incubi… e Marcos non fa niente di tutto questo. Lui è perfetto, meraviglioso. Se ti svegli nel letto con lui, la giornata inizia con il vassoio della colazione, le fette biscottate, la marmellata, il succo di frutta, un uovo fritto con tanto amore … Adrienne lo ha già provato. Sono momenti da favola… ma, se non ti svegli nel letto con lui, ti fa questo tipo di porcate.

—Vuoi davvero che prenda un taxi?

—Tesoro, mi dispiace… Mi farò perdonare—e l'accompagna, nè lui nè lei sanno dove. Un pò più in là, lontano da Alphonse. Poi, che se ne vada dove vuole, purchè se ne vada.

—Sei un porco…

—Lo sai: tutti abbiamo un animale dentro— e vuole aggiungere "zoccola"… ma non sarebbe gentile da parte sua. Marcos è un signore, eppure, se non fosse un mascalzone, gli mancherebbe qualcosa. Adrienne non deve lamentarsi; sa perfettamente cosa sta succedendo.

—Cosa ne pensi? —chiede Marcos, ad un Alphonse che è rimasto in silenzio.

—È una donna attraente… Come l'altra, chiaramente.

—Come tutte. Sono belle, non lo posso negare. Però non è quello che cerco. A dire il vero io non cerco niente, cazzo! Sono loro che cercano me! Quando fanno così con me, beh… non so, mi sento in dovere di non comportarmi del tutto bene con loro.

—Forse ho capito quello che vuoi dire. Se non del tutto, almeno in parte.

—Ti ringrazio. Sai che questa ragazza ha comprato un libro che spiega come fare una fellatio, solo per farmi piacere?

Alphonse non risponde. Non c'è una risposta per questo. La cosa più normale è provare invidia. Invidia marcia; quel maledetto play boy.

—Sei un ragazzo fortunato—mormora, alla fine.

—Tu credi?

—Hai qualche dubbio? Preferiresti la tristezza di un senzatetto come me?

—A proposito, novità della tua Carla?

—Niente… ancora niente…

—Non capisco… ti fai in quattro per qualcosa che non succederà.

—Beh, da quanto ho capito, anche tu ti fai in quattro per qualcosa di simile. Nel tuo caso, per qualcosa che non arriva. L'amore non dipende da te. O meglio, è evidente che dipende solo da te e da un'altra persona. Su questo siamo d'accordo.

—Ti sbagli.

—Sì, forse sì. Quello che voglio dire è che non hai ancora trovato la persona giusta. Quando ti succederà, quando scoccherà il colpo di fulmine, ti assicuro che perderai la testa. È normale.

—Per gli uomini?

—Per tutti. Indistintamente. Essere amati è la gioia più bella, ed amare la più grande delle sfide…

—Sembri un fottuto poeta.

—Forse…

—Lo vedi…? Devi cominciare a mettere da parte il tuo violino. Sembri un uccello!

—Un uccello?

—Sì, un uccello che cinguetta su un ramo, in attesa che lei si accorga di te.

Capitolo otto

Alphonse è fuori di sé. Questo è quello che pensa Marcos.

Torna alla sua routine, fregandosene di tutto. Dimenticando tutto. Ieri era stato nei bagni con Adrienne… ma, se qualcuno gli chiedesse cos'era successo, lui risponderebbe niente. Ieri, così come l'altroieri e tante altre volte ancora. Era successo, ma questo non conta.

Oggi, invece, sarebbe successo quello che non è mai accaduto in tanti anni. Va alla casa di produzione. È solo uno scroccone che vive degli utili della società. Un azionista maggioritario legato al cinema solo perchè suo padre all'epoca, quando era solo un bambino, firmò per lui. Gli trasferì una parte dell'azienda, facendolo diventare un imprenditore. E così, se ne sta con le mani in tasca, a guardare… a prendere decisioni senza rendersi conto di nulla, ad indicare… a flirtare con le attrici. Gli piacciono i manifesti, le sceneggiature, le conferenze degli esperti, la caffetteria… il caffè è ottimo. Sono pochi i locali di Parigi che lo fanno così buono.

Dovrebbe aprire una caffetteria…

Più avanti c'è un ufficio, altro ambiente che non gli si addice, anch'esso di sua proprietà. Oggi, però, viene completamente rapito da lei.

La vede da un finestra... Lei è favolosa! Anzi, di più... una donna può essere bella, ma una così non è paragonabile ad una semplice fioriera. Sarebbe troppo simile ad un'altra bellezza qualsiasi, un'altra chimera... non è neppure paragonabile ad un'auto di lusso uscita da una catena di montaggio. Quella ragazza è tutta un'altra cosa. Le sue fattezze sono enormi. Ti fanno venire voglia di toccarla, di morderla... Il suo viso è palesemente "tridimensionale": il naso è grande, appuntito ed affilato. Gli occhi sono due smeraldi dall'incantevole colore selvaggio dell'acquamarina della Polinesia. I capelli sono corti, luminosissimi, di un biondo platino intenso. Le sue labbra sembrano fiorire... Fiorire è la parola giusta. A guardarle si resta sorpresi, proprio come l'agricoltore che ha trovato la zucca della sua vita. Un cetriolo enorme... una zucchina da urlo... Le sue labbra sono spudorate, peccaminose, mordaci, carnose e, soprattutto, naturali, pur nella loro artificiosità. Quella ragazza non è frutto della progettazione, della produzione o della chirurgia. Marcos pensa che, creandola, Dio si è masturbato. Ha l'aria di una segretaria distinta, è vestita in modo elegante, ma senza essere volgare, con le gambe lunghe, i seni a punta, piccoli ma seducenti, ed il sedere alto, come una mensola mezza luna. Agli occhi di Marcos appare così, quando si alza in piedi. Nemmeno in biancheria intima potrebbe essere più sexy.

Parla con un orrendo occhialuto. È un regista. Uno dei registi della casa di produzione, che, di solito, sono dei tipi che trascurano l'aspetto fisico. Ciccioni o mollicci… con la barba incolta, berretto da cacciatore, felpa, occhiali da quattro soldi… il regista le consegna il copione, lei gli dà un'occhiata; è poca cosa. Solo qualche riga.

…Come? Ad una simile bellezza viene assegnato un ruolo secondario? Forse talmente secondario che dirà solo un paio di cavolate? Che razza di registi ci sono nella casa produttrice? Quella bambola, come minimo si merita un accavallamento di gambe alla Sharon Stone!

Se ne va. Esce. Lei non sa chi è Marcos. Non ha motivo di saperlo. Ma, per un attimo, gli sorride.

Accidenti, che sorriso smagliante!

È un attimo. Prorio così. Un incontro che inizia e finisce in un batter d'occhio.

…Per lei è normale sentirsi osservata.

Al contrario, Marcos, stranamente, oggi viene ignorato. Di solito, si sente osservato.

—Ehi… Chi è quella?

Il regista era rimasto lì. Il tale è troppo affaccendato con quelle scartoffie per restare a bocca aperta a guardare quella meraviglia andarsene via.

Il tale guarda Marcos. Lo conosce. La sua reputazione è di dominio pubblico nella casa produttrice.

Sorride, con una malizia che il neoinnamorato non riesce a cogliere:

—Si chiama Svetlana —dice bruscamente, senza nemmeno guardarlo. —Ha appena firmato un contratto per cinque film.

Svetlana… Una russa! Cazzo, cosa ti fa il freddo! Marcos è impazzito. Sì, dev'essere la voglia di trombare nel gelo della Siberia. Gli accoppiamenti sono più avvolgenti, impetuosi, più intimi. Forse per questo i risultati sono migliori. Che femmina!

Le corre dietro. Non sa cosa dirà. Per un attimo pensa ad Alphonse, che non ha ancora pensato a cosa fare quando avrebbe incontrato

Carla. Ebbene sì, per la prima volta in tanti anni, il ragazzo affascinante non ha un piano. Perchè la raggiunge, e continua a seguirla, nel corridoio. Poi entra in ascensore, con lei. C'è altra gente che, alla vista di quell'imponente donna, sparisce nel nulla. In effetti, anche Marcos si sente piccolo, perchè quella femmina è più alta di lui. ...E pensare che le matrioske sono così pacioccone... niente a che vedere con la realtà!

Continua a seguirla, fuori... lei prende un taxi. Anche lui. Poi, dopo un pò, si ferma e scende... Il taxi della ragazza continua la sua corsa. No, così non va! Dice fra sè. Decide di non seguirla. Da quel momento, per vederla sarebbe andato tutti i giorni alla casa produttrice. L'avrebbe conosciuta come si deve, attraverso un rapporto di lavoro. Niente mazzo di fiori a sorpresa, inseguimenti, dichiarazioni, anche senza luna piena... Non vuole essere così patetico. Non vuole essere come tutti gli altri...

Eppure, il cuore gli si spezzerà.

* * *

—L'ho vista! —dichiara.

È arrivato Marcos. Alphonse interrompe l'armoniosa musica del suo violino. Marcos lo ha sentito così, come parte della sua situazione. Il giovanotto doveva parlare con qualcuno, ed aveva scelto quel senzatetto semisconosciuto… e, per rendere onore a quel momento d'amore, suona una musica stupenda. Se fosse andato a parlare con un altro conoscente qualsiasi, di sicuro il destino non sarebbe stato così magnanimo e non avrebbe suonato per lui qualcosa di così incantevole, una musica da sogno!

—Merda! Sì che hai cambiato faccia!—dice Alphonse.

—L'ho vista! —ripete Marcos, lasciandosi cadere a terra. Ben presto, con lo strofinio delle sue spalle e dei vestiti nuovi che, come stracci, tirano tutto a lucido, quell'alone di sporco sulle mattonelle, vicino ad Alphonse, viene via. Come se non bastasse, alcuni passanti si indignano nel vedere fino a che punto può arrivare la sfacciataggine della gente: un ragazzo per bene che "chiede l'elemosina".

—Ti sei innamorato? Non ci credo… Sarà suggestione!

—Tu credi?

—Perchè no? Ne abbiamo parlato. Non è possibile che, solo parlandone, il destino si sia impuntato con te.

—Invece io penso di sì, che è stato così.

Alphonse sospira. Poi mette da parte il suo violino.

—Vediamo…Come si chiama?

—È alta uno e ottanta…È strepitosa!

—Il nome, Marcos.

—Oh, si chiama Svetlana. È russa.

—È una modella? Dal nome sembrerebbe di sì… Lo dico per la tua casa produttrice.

—Più di una modella. È un'attrice. Una vera meraviglia.

—E quindi ti sei innamorato del suo aspetto fisico? —e, subito dopo, Alphonse si morde la lingua. Certo, anche lui si è innamorato dell'aspetto fisico di qualcuna. Perchè, comunque, la sua Carla continua ad essere solo un'immagine. Non ha nemmeno parlato con lei, nè hanno riso insieme. Carla non è altro che questo, una visione davanti ai suoi occhi. —E cos'hai intenzione di fare?

—Beh… Andrò a lavorare, è chiaro!

—Lavorare?

—Sì. Non so. Qualcosa farò… Proverò ad andare più spesso alla casa produttrice. Devo conoscerla. Troverò il modo.

—Pensavo che i tipi come te fossero dotati di un'infinità di risorse per conoscere una donna.

—Quasi, ma funzionano solo con le donne normali. Con Svetlana non servirebbero.

—Come fai a saperlo, se non l'hai provato?

—Perchè sì. Lei non è una di quelle. Non è una donna facile, capisci? È una signora. Non è così facile portarsela a letto.

* * *

La casa produttrice si trova in un edificio al centro di Parigi, ma gli studi sono in periferia. Negli uffici per Marcos non è stato facile fare amicizie che prima d'ora aveva sempre evitato, per farsi dare informazioni sulla sede in cui la ragazza avrebbe girato. Stranamente, tutti hanno risposto alle sue richieste con un sorriso malizioso.

"Azione…"

È la voce del regista. Si comincia a girare. Svetlana è già a letto. Per riuscire a portarsela a letto basta pagare. O meglio, farle firmare un contratto.

Arriva Marcos, che resta impietrito. Caspita… è una scena un pò spinta! Svetlana è in camicia da notte. Sì, cazzo… le sue tettine sì che sono a punta! Sono due piccole pistole pronte a far fuoco. Si vedono, attraverso la seta.

La stanza è rosa, un pò kitsch. Lei interpreta una donna che aspetta suo marito, un militare. È sola, annoiata e triste. Riceve una lettera, che proviene dal fronte… Dopo averla letta, ozia nel suo "regno" come un gatto, stirandosi e soffiando quasi svogliatamente, come se facesse uso delle sue ultime energie vitali.

Entra una cameriera… una brunetta, dalla carnagione olivastra, vestita di nero e con un grembiule bianco. Marcos non riesce a capire che razza di guerra storica stiano interpretando. Sì, nell'aria c'è il sentore che i costumi non siano del tutto realistici, perchè la gonna della cameriera è molto corta. Difatti, indossa calze da puttana. Si muove come una puttana… Così ancheggia, passando il piumino da spolvero.

Marcos rimane sconcertato di fronte a quella pessima performance. La cameriera porta un vassoio con la colazione… proprio come, all'alba, è solito fare lui, per la gioia delle sue ragazze. Poi, dopo aver servito la sua padrona, comincia a spolverare con il piumino. Ma controvoglia, come fosse distratta da qualcosa che stava per accadere.

E accade… Cazzo, Svetlana si stiracchia ancora un pò, e quindi apre le gambe a compasso, e posiziona i piedi sui bordi opposti del letto, occupandolo tutto. È corpulenta… e longilinea. Le sue gambe sono le lunghe zampe di un ragno. Poi, secondo Marcos, qualcosa va storto durante la ripresa… Spera anche che il regista decida di tagliare, di interrompere la registrazione. Perchè si vede la "cosina" di Svetlana. Non porta le mutande e la sua vagina è lì, all'aria. Una vagina piccola, glabra, come quella di una bambola di plastica.

…Nessun taglio. La registrazione continua. Mostrare il basso ventre è nel copione. Dev'essere così. Un errore di quella portata può apparire nel film solo se è stato concordato in precedenza.

La fanciulla si accorge della distrazione, che tale non è perchè la signora si sta masturbando. Così, si ferma ad osservarla... La fanciulla guarda... Si avvicina, tira fuori una lingua, rosea e lunga, agile come un tentacolo, e comincia a leccare il clitoride di Svetlana, mentre un operatore si precipita in scena, con la telecamera in mano, quasi a volersi buttare su di loro. Zooma... Anche Marcos riesce a vedere, perchè tutto viene registrato su alcuni schermi che il regista ed altri esperti controllano con attenzione.

...Marcos capisce subito che è uno stramaledetto film porno. Meraviglioso. Svetlana è un'eccellente attrice di porno lesbo, che riuscirebbe a soddisfare le fantasie di qualsiasi uomo. È perfetta. Lussuriosa. Un gran bel modo d'essere. Non è solo una meraviglia visiva, fisica e tattile. È una furiosa divoratrice di anime.

Si spogliano. I loro piccoli seni si sfiorano. Si comprimono. Si leccano, si baciano, si sbavano... Probabilmente è tutto un pò forzato, perchè sembrano morire di desiderio e di passione nonappena si sfiorano. Nessuno ha le parti delicate così sensibili. Fa parte della performance, tutto dev'essere esagerato. Una leccata sembra un uragano, e una pacca sulla natica il ruggito di leone.

All'improvviso si apre la porta. Si spalanca. Entra un soldato. Torna dalla guerra, con la casacca azzurra, semichiusa. È ferito, cioè indossa solo alcune bende macchiate con sangue finto. Infatti, si vede che l'hanno strapazzato volutamente, per farlo sembrare un superstite del campo di battaglia… ma, in generale, l'impressione è che sia travestito da ciò che non è.

…Non è ferito gravemente, perchè quando arriva, è già eccitato. In un primo momento si arrabbia, ma la sua signora riesce a calmarlo toccandogli il pene, sotto il pantalone attillato. È una calzamaglia bianca, che lascia intravvedere un pacco consistente.

Intanto, la cameriera continua a leccare la sua padrona, che non le ha dato il permesso di fermarsi.

Litigano. È finzione, naturalmente. Non sembra molto credibile. Sono attori da quattro soldi. Non hanno la benchè minima idea di cosa significhi recitare. A malapena sanno trombare. Lui s'infuria ancora di più. Non riesce ad accettare l'idea che sua moglie lo abbia tradito, anche se con un'altra donna. La vede come una mancanza di rispetto nei confronti dell'incarico militare da lui assunto, tenuto conto che è in gioco la sua reputazione.

Lo calmano... Riescono a tranquillizzarlo. Per un uomo, l'idea di andare a letto due donne, significa mettere da parte ogni pregiudizio e pensare semplicemente a penetrare a più non posso. Ci riescono. Lo accarezzano un pò, lo buttano sul letto e, poco alla volta, lo spogliano, fino ad intravvedere le ferite, dipinte sulla pelle. Le due donne, alla vista dell'uccello che, per fortuna, è ancora lì, tutto intero, al suo posto, si scambiano uno sguardo complice. Non gliel'hanno amputato.

Svetlana lo afferra... Maledizione! Ha toccato il pene di un altro! Marcos è afflitto. Non gli piace. Nessun uomo potrebbe mai accettare che la sua donna tocchi il membro di un altro. Soprattutto uno così, bello e grosso. Un pene giovane e vigoroso, dal colorito perfettamente roseo, ad eccezione di alcuni puntini sulla cute. È forte e valoroso, con la testa dritta, come un soldato al fronte... oppure in addestramento.

Se lo trombano. Marcos non riesce a guardare. In genere gli piace guardare cose di quel genere, ma gli fa troppo male vedere Svetlana a quattro zampe, consumata dall'eccitazione e sfiancata dal godimento, anche se simulato con l'uso di gel lubrificanti che un esperto le mette sulla mano, come il gel del truccatore.

“Mio Dio! L'amore della mia vita… è una pornostar!”.

Capitolo nove

—A letto è una meraviglia… —commenta Marcos. Arriva alla questione da confessare, ragion per cui la stazione ed il suo "amico" Alphonse.

Alphonse sta mangiando qualcosa. C'è un panettiere che gli mette sempre da parte qualche donut. Oggi, anche un caffè.

—Oh… perdonami —si scusa, perchè ha la bocca piena. Infatti, sputa un pò di briciole, che getta in aria con entrambe le mani. —Siediti, per favore. Dicevi…? —torna indietro, all'inizio della conversazione. —Sei già stato con lei?

Marcos non risponde. Prende "posto". Alphonse ha preparato alcuni cartoni. Le persone rispettabili si siedono vicino a lui così di frequente che, per mostrare loro rispetto, ha deciso di rendere un pò più accogliente il suo angolino.

—Beh, sì… — Marcos è esitante. Prende le distanze da ciò che ha visto. —È molto brava. Sa quello che fa. Però… è una maledetta pornostar… cazzo!

Questo cambia tutto. Certo, sarebbe come chiedere ad un pilota se è in grado di guidare. A letto è sicuramente una bomba!

Alphonse resta impietrito. Comunque:

—E allora…? —obietta.

—E allora sono andato a vederla "recitare".

E cala un silenzio di tomba. Alphonse si immedesima nella situazione. Sì, anche lui ha visto Carla baciarsi con un altro. Andando oltre, anche se la causa della sofferenza è la stessa, in questo caso, la differenza sta nella gravità; non è la stessa cosa assistere ad un bacetto, piuttosto che ad una fellatio:

—La fa bene—ammette Marcos. Nel ripensarci, sospira. La sua anima se ne va in quell'esalazione.

—Mi dispiace.

—No, dev'essere il destino… quello di cui parlavi tanto. Evidentemente questo è quello che mi merito, oppure la vita mi vuole dare una lezione.

—In pratica è la stessa cosa.

—Forse sì. Che strazio!

—Beh, ci sarà un lato positivo!

—Sì, certo. Immagino che per una donna a cui si ottura il lavandino, è utile avere un marito idraulico. Per un uomo dov'essere tremendo avere per moglie una pornostar… sinceramente non so se sono pronto a questo.

—Non ti sembra di correre un pò troppo?

—Sì. Comunque, sei stato tu a dirmi che il vero amore è così; arriva quando meno te l'aspetti e ti travolge.

—Già… ma non pensavo che avresti cambiato idea.

—Dovresti vederla nuda…

—Questa è attrazione fisica.

—Beh… dovresti vederla sorridere!

—Va bene, così è meglio. Sì, forse è amore.

—E allora…?

Alphonse alza le spalle. Non è uno psicologo qualificato in grado di rispondere. Gran parte delle cose della vita sfugge alla sua comprensione. Non ci sono consigli da dare. Forse, solo il tempo, quello a venire, sarà un consiglio da seguire a suo tempo, improvvisando.

—Ha firmato un contratto per cinque film—Marcos sospira di nuovo— Questo significa almeno cinque scopate.

—Beh, sei proprietario della casa di produzione.

—Solo sulla carta. Là dentro non conto nulla. Riscuoto solo gli incassi a fine mese. Vivo di questo. Sono un maledetto parassita, un fannullone.

E, in qualche modo, succede quello che deve succedere. Visto che entrambi frequentano la stazione di Alphonse, il super innamorato Benôit arriva con un altro mazzo di fiori. Ora sono rose rosse, che sembrano quasi intinte nel sangue. Proprio come i pianeti che ruotano nell'universo e che qualche volta "rallentano", si eclissano o si sfiorano… così, come una congiunzione astrale, quei tre si ritrovano insieme, nello stesso posto.

Ha visto che il "suo posto" è occupato. C'è un bel ragazzo seduto lì, dove non deve. Non sa come comportarsi. Lo guarda storto. È geloso.

—Benôit… —Alphonse lo saluta. L'altro non dice nulla, ma gli stringe la mano. —Ti presento Marcos.

—Ciao, Marcos.

—Ciao, ragazzo.

—Siediti, per favore.—dice Alphonse, visto che il tempo passa e nessuno si muove.

… Il mondo si ferma, forse ostacolandosi da solo. Bisogna fargli spazio. Marcos non ha intenzione di andarsene. Benôit non vuole un altro "posto", perchè sa che quel cartone è stato preparato per lui. Stupidamente, entrambi si rannicchiano nello stesso posto.

—Insomma! Il tuo amico rompe!—dice Marcos. Anche se soffre per amore, è sempre il solito.

—Chi è questo bellimbusto? —chiede Benôit.

—Questa è una bella domanda!— sospira Alphonse. —E vale per tutti e due. Ancora non lo so cosa diavolo c'entrate nella mia vita. Siete comparsi dal nulla e mi sento un pò spaesato.

—Un vagabondo non sa mai dove va — borbotta Marcos, come suo solito.

—Attento a come parli del mio amico "vagabondo", che mi ha dato buoni consigli.

—Io non ho dato consigli a nessuno. Abbiamo parlato così, tanto per parlare. A volte parlare d'amore è stupido quanto l'amore in sè.

—Beh io voglio parlare, cazzo!—dice Benôit, seccamente, tirando fuori il suo volto più impulsivo. È quasi come un pugno sul tavolo. Marcos tace… Alphonse anche. —Ieri ho parlato con Dominique. A dire il vero, è lei che mi ha parlato.

—Bene, è un buon inizo! —osserva Alphonse.

—Sì, lo credo anch'io. Non è stata una conversazione molto piacevole, ma di certo molto incoraggiante —rivela Benôit, con un ragionamento che potrebbe sembrare una contraddizione: sgradevole ed incoraggiante… sembra un controsenso.

—Spiegati meglio—dice Marcos.

—Beh mi ha parlato del suo ex. Cioè di quell'infame che l'ha bruciata.

—Bruciata? Allora è un criminale? —chiede Marcos.

—No, un vigliacco —chiarisce Benôit. — Guidava lui. La colpa è sua. Soprattutto perchè lui è fuggito dalla macchina, come un infame. Ha lasciato che bruciasse. Non ha fatto niente. Dominique mi ha raccontato tutto, in lacrime.

Certo… perciò era stata una conversazione drammatica, anche se, d'altra parte, dal punto di vista più egoistico dell'amore, la disgrazia altrui mette in buona luce Benôit. Si da per scontato che Dominique sia così obiettiva da ripudiare il suo ex. Lo avrebbe odiato. È lì che subentra la parola speranza.

—Non so chi sia quel verme—continua Benôit, —ma sarà sicuramente uno stronzo come questo—e indica Marcos, che sembra rimanere impassibile. Forse perchè è abituato a sentirsi chiamare così; oppure perchè gli si è rivelata un'altra dimensione dell'immagine che ha di sè stesso.

—Forse Dominique era insopportabile! —lo aggredisce.

—Dominique è un angelo.

—Sì, dev'essere molto pietosa per accettare quel genere di fiori—puntualizza Marcos. I fiori, ancora una volta, sono un pò appassiti. Forse perchè Benôit fa un lungo tragitto in metro, all'ora di punta, quando è sovraffollata, e quindi i fiori avvizziscono.

—Sono stupendi. Non si è mai lamentata dei miei fiori.

—Una donna non te lo direbbe mai in faccia. Loro sono complicate, vivono in un sottomondo segreto, fatto di sguardi furtivi ed osservazioni che non riuscirai mai a capire. Di sicuro ti ha già squadrato dalla testa ai piedi ed avrà contato quante pieghe hai sulla giacca.

—Vai a farti fottere!

—Ci vado tutti i giorni. Immagino che non si possa dire lo stesso di te!

—Basta, per favore! —chiede Alphonse. — Vedo che non c'è molta simpatia tra voi.

—Scherzi? —dice Marcos. —Questa mezza cartuccia fetente è una benedizione. La sua presenza mi lascia campo libero per le mie conquiste!

—Beh, si presume che questo faccia parte del passato—gli ricorda Alphonse. Marcos tace.

—Touché.

—E tu, Benôit. Non comprare i fiori per la tua ragazza se poi devi attraversare mezzo mondo per andare da lei. Puoi comprarli freschi nel negozio dell'ospedale.

—Non è la stessa cosa. Sarebbe troppo comodo.

Alphonse sospira.

—D'accordo, rispetto la tua opinione. Stai andando a trovarla?

—Sì, certo. E vorrei chiederti un favore… Ti sarei eternamente grato se mi accompagnassi e suonassi qualcosa per lei. Non l'hai ancora fatto. Alphonse sorride. Sa che glielo deve.

—Va bene, d'accordo. Mi sembra una buona idea.

Si guardano. Sembrano aver trovato un'intesa. Nessuno parla. Poi Alphonse capisce:

—Adesso?

—Sì, adesso.

—Beh… Bene, d'accordo! —e si alzano. Si preparano. —Lui può venire? —chiede, riferendosi a Marcos. Benôit lo guarda dall'alto in basso. Il bellimbusto non c'entra niente. Si sente ridicolo, mentre gli altri due decidono se può, oppure no.

—Solo se rimane in silenzio.

—Hai sentito?—dice Alphonse. È un avvertimento. Marcos sorride. Sarà un gioco per lui. Solo una brutta grassona potrebbe lasciarsi sedurre da un tipo insignificante come quello!

* * *

—Dominique…? —Benôit entra penitente, a piccoli passi e con molta cautela. Si fa quasi scudo con il mazzo di rose, nel frattempo, controlla se, caso mai, qualcosa fosse cambiato e la sua ragazza non avesse più le bende.

—Benôit? —è la voce di lei. È dolce, ma ancora soffocata dalle fasciature.

Alphonse entra per la seconda volta. Per Marcos è la prima.

—Oh, cazzo! —mormora Marcos. —Il ragazzo è innamorato della carta igienica!

—Non essere crudele— Alphonse lo rimprovera. —Ha riportato ustioni sul novanta per cento del corpo. È stato un terribile incidente.

Marcos tace. Fa un respiro profondo e promette di darci un taglio, che cercherà di non mettersi a ridere. Lo giura quasi, facendo un gesto d'onore, con la mano sul cuore, a dimostrazione delle sue buone intenzioni.

—Ti ho portato un artista… è un musicista —spiega Benôit.

—È meraviglioso!—dice lei.

Quindi Alphonse prende posto. Avanza anche lui a piccoli passi, con cautela. Non si presenta. Non si fanno nomi. È solo l'artista… che lascia la convalescente a bocca aperta. Il motivo…? Si aspettava di vedere qualcuno in tight, o con il papillon. Invece, davanti a lei c'è solo un clochard con il suo violino. Una follia che Alphonse capisce tardi, concludendo che lo stupore di lei non era dovuto alla musica, e tantomeno all'idea originale. La sua espressione sconcertata era dovuta al fatto che pensa che Benôit, seppur con un nobile fine, si sia accordato con un senzatetto, e che tutto questo gli era costato qualche spicciolo. Forse la promessa di un panino. Poco più.

Incassa il colpo. Ci passa sopra e suona. Alphonse sa che quella è la sua unica via d'uscita. Fuori, nel corridoio, Marcos rimane composto. Serio… e si stupisce ancora di come la vita possa tenere in serbo per lui dei momenti così strani; eppure, ogni volta che suona la musica, così bella, non può fare altro che riconoscere che la vita continua a dare delle seconde opportunità, che la povertà e la puerilità possono nascondere un altro momento indimenticabile, come uno straccione che gli strappa la melodia di mano, ed una porno star, che nasconde il suo lato più dolce solo a chi è in grado di coglierlo.

Capitolo dieci

È stato emozionante, lo scemo ed il suo mazzo di fiori, con il meraviglioso sottofondo del violino. Marcos lo deve ammettere. Forse, sotto le bende, la ragazza stava morendo di noia, vergogna ed imbarazzo, ed avrebbe voluto persino vomitare... ma, dal di fuori, Marcos aveva avuto l'impressione di assistere ad una scena toccante, seppur ridicola.

Si arma di coraggio, si volta e fa per andarsene. La storia di Benôit e Dominique è una follia. Marcos si ripromette che avrebbe fatto tutto il possibile per essere presente nel momento in cui avrebbero svelato il volto del mostro di Frankenstein. Non avrebbe mai rinunciato a togliersi la sua curiosità di vedere che razza di donna si nasconde sotto quelle bende. E vedere la faccia di Benôit.

Nel frattempo, però, pensa ai fatti suoi. Se quel cretino può coltivare un amore così strano, se gli resta ancora la speranza di riuscire a trovare qualche brandello di carne della donna, al posto del carbone, allora Marcos era ancora in tempo per convincere la russa del suo cuore a lasciare il mondo della pornografia.

"Marcos… ti sei rimbecillito? Quella ragazza non ti conosce nemmeno…"

Bene, Alphonse sta vivendo qualcosa di simile. Si nutre di questo. Benôit è un'altra storia… eppure è avvantaggiato perchè, almeno lui, ha "qualcosa" tra le mani.

Marcos è sicuro che, con la sua galanteria, riuscirà a conquistarla, a scoprire qualcosa in più su di lei, al di là della sua professione. Una ragazza dolce, sicuramente un'amante esperta, anche se porcellona, perchè tutti la associano a quello.

Sì, sarà un cavaliere errante che libera la sua dama. È questo quello che prova quando, a bordo della sua Ferrari, arriva agli studi cinematografici. Oggi girano la seconda parte del primo film. Gli piange il cuore, perchè sa che, in qualsiasi altro film, ci può essere la scena di una passeggiata sulla spiaggia, di un litigio tra amanti, un matrimonio, un viaggio in treno… ma, in un film porno, per definizione, ad ogni scena la bellissima Svetlana dovrà tirare fuori una tetta.

Fa un respiro profondo. L'altro giorno aveva preso il calendario delle riprese. Sa che oggi girano nello studio cinque… La scopata numero due… ed eccola lì, mentre la truccano come se fosse una stella di Hollywood. Splende, per dirla in un modo affatto simbolico. È raggiante. Infatti è lì. Non è forse la regina dei… piselli?

Stanno truccando il pene dell'attore, che ha una farfalla tatuata sui glutei; il suo unico lato femminile. Marcos si sofferma. È lungo, grande, persino grazioso. La sua muscolatura pelvica addominale, da macho, è in grado di mettere in funzione un vero e proprio trapano dotato di una potenza insuperabile, persino per le più moderne apparecchiature industriali. È un mostro… uno stallone.

"Così… le farà male". Marcos è preoccupato.

In modo un pò infantile, si dirige nervosamente dietro le quinte, per guardare. Si nasconde dietro alle telecamere… entrando a far parte di quella scenografia che, anche se nella pellicola non si vede, qualcuno ha preparato con cura.

… Il generale, dopo essere stato ferito di striscio da una bomba, torna dalla guerra e si precipita in giardino per avere notizie del suo sergente più valoroso. È seminudo. Allo stallone hanno applicato un paio di baffi finti, che si reggono a malapena sotto il naso.

Ferito? Macchè! È perfetto, ancora tutto intero!

"È da tanto tempo che non tocco una donna", dice il militare. Con un talco spray hanno ingrigito i suoi capelli, per rendere il suo aspetto effettivamente simile a quello di un generale.

"Non dica così, generale... Mio marito non è ancora morto..."

Non importa. Il generale fa valere le proprie ragioni. Secondo lui, se può condividere con la sua truppa i successi militari, lo stesso vale con le mogli.

È una sceneggiatura penosa. Una trama assurda. L'unica cosa che conta, alla base di tutto, c'è il trombare.

Iniziano... Svetlana gli slaccia i pantaloni e cerca il chilo di carne. Lo divora... Quello è il momento terribile in cui Marcos guarda in faccia la realtà. È come uno schiaffo. In quel momento capisce che niente ha alcun senso, nè può esserci un futuro.

"Marcos... non fare lo scemo... Quella ragazza non fa per te..."

E, comunque, ora riconosce di aver mentito. Sì perchè, prima di diventare un farfallone, un play-boy, una volta è stato innamorato di una ragazza. Una ragazza già fidanzata. Quindi, si presume che l'avesse già fatto a qualcuno. Con amore, con tenerezza… In modo selvaggio, dal punto di vista più mondano del maschio. Allora Marcos pensa che se era riuscito ad amare quella lì, se voleva conquistarla pur sapendo che scopava con amore, perchè non potrebbe amare Svetlana che "ama" solo per soldi? Lei non prova niente… è solo un lavoro…

E, all'improvviso, Svetlana grida. Sembra in estasi. I cameraman si innervosiscono, perchè quello non c'è sul copione. Sembra essere un "incidente" premeditato. Niente meno e niente più che un orgasmo autentico… spontaneo ed inaspettato… che fa saltare i tempi di ripresa… Grida, piange quasi, si fa la pipì addosso per l'eccitazione, ed eiacula sul maschio un fluido, simile alla bava di lumaca.

—Tagliare…! Fantastico! —dice il regista.

Sì, figo! Ora Marcos si "sente meglio".

* * *

Chi la dura, la vince. Solo così si spiega perchè Marcos continui ad andare dietro alla sua benedetta russa. E farlo è da idioti, perchè continuerà solo a farsi del male. Anche ostinarsi ad assistere alle riprese è da sciocchi. Non ha alcun senso.

Va… Forse, proprio come quelli che, per immunizzarsi, assumono tutti i giorni una piccola quantità di veleno, Marcos vuole togliersi di dosso la sua corazza di pietra, quella dei pregiudizi.

Oggi Svetlana si trova nella cucina della casa, teatralizzata con arredi di scarsa qualità. Arrivano tre soldati, omoni robusti e ben dotati, in cerca di cibo. Questo sì che è un esercito! E non importa che siano nemici. Vogliono "mangiare la carne".

Cominciano a giocare con la farina. Si sporcano di bianco. Lasciano le impronte delle loro mani sui seni e sulle natiche di lei. La imbrattano tutta, nel frattempo, versano del miele sui capezzoli, e li leccano, e poi lei ricambia il favore, divorando i loro membri cosparsi di cioccolato.

Che uccelli… Sembrano avvoltoi! Si rigirano Svetlana come se fosse una bambolina di carta. Un terzetto marziale, rivoluzionario, che, con audacia, oltraggia ogni dettaglio anatomico della "dama in difficoltà".

L'hanno penetrata dappertutto, spruzzandole lo sperma sul seno… E lei passa al contrattacco, si prende la rivincita con due bombolette di panna spray. Con grande abilità e con sorpresa di tutti, si inserisce l'ugello nell'ano… preme… Il retto si riempie di sostanza e, proprio come se stesse facendo i suoi bisogni, come una maledetta macchina per gelato, lascia fuoriuscire un grazioso fiotto di panna bianca, perfettamente delineato, ondulato e sinuoso. I ragazzi lo divorano avidamente, cercando di mascherare lo stupore generale.

Che bambola!

* * *

Si riprende a girare. E Marcos continua a fare l'idiota. È diventato una sorta di toporagno delle quinte, in retroguardia e per imbibirsi di cose che non dovrebbe vedere.

Vuole farlo. Vuole stare lì. … Nel bene e nel male… si abbuffa di quella roba, anche se, per ora, ha mangiato solo il secondo.

Svetlana sta per farne una delle sue. È un'artista sempre in fermento. I cameraman non danno importanza a quello che devono filmare. Ha chiesto una coppa da champagne. Una di quelle che si usano per brindare. La mettono su un tavolo… lei si sistema a circa sette metri di distanza, su una sedia. E non è poco, poi allarga le gambe e prende la mira.

Non si sente volare una mosca. Tutti con il fiato sospeso. Svetlana sta orinando con un getto sottile e preciso che, come un segno divino, riesce ad annullare la distanza, fino a centrare la coppa.

La riempie… Quindi, il flusso si arresta…Si fa portare una seconda coppa, che viene subito posizionata accanto alla prima.

…Riesce a riempirne quattro. Nel frattempo beve champagne. Naturalmente per "ricaricarsi" di liquidi, e comincia a diventare brilla.

Subito dopo un cameraman, improvvisando, tira fuori un accendino. Con abilità, lo accende e lo mette dritto ed il tavolo diventa una specie di campo da tiro.

Svetlana non delude. I suoi getti sono precisi. A volte sbaglia, e la gente sembra prestare attenzione ancora di più, si mostra grintosa, si avvicina oppure stringe i pugni. Intanto preparano un altro accendino, per farle spegnere la fiamma, o una matita che, spinta dal getto, ruota fino ad oltrepassare una barriera di carte da poker. Queste diventano bersagli da centrare su richiesta: asso di cuori, tre di picche, regina di quadri... Alla fine, il numero di centri che riesce a fare è impressionante!

* * *

Rocko ha la fama del duro... ma non ha idea di quello che sta per affrontare. Si mostra molto gagliardo, pieno di sé. Ha un corpo possente, con la sua pelle dorata dalle lampade abbronzanti a raggi UVA. Sembra l'uomo perfetto, quello che ogni donna vorrebbe avere tra le gambe.

Scopa da infarto. È un fiume in piena. Sottopelle, le sue vene si gonfiano come serpenti, diventa rosso, addirittura paonazzo... I suoi muscoli sono allo stremo, è irremovibile, insiste come un martello… e sembra essere riuscito a domare Svetlana. Lo giurerebbero tutti. Un tipo così sembra invincibile. Invece, a tradimento, è lei a prendere in mano le redini del gioco. Si volta, occupando comodamente il suo posto. Sale sull'Everest… arriva in cima… e salta come un puledro imbizzarrito che galoppa con il posteriore pieno di aculei.

Svetlana gli ha fatto un livido sul pene. La telecamera coglie una macchia viola che si allarga e diventa scura. Sembra una maledizione. Rocko non lo sopporta. O meglio, stringe i denti, senza dire nulla… continuando a recitare. Finge di aver già vissuto una simile esperienza nei "combattimenti" sessuali, che non è il suo primo livido. Ma è spaventato.

Si mette la sua vestaglia e se ne va, quasi di corsa. Nel frattempo, Svetlana continua ad accarezzarsi la vagina, che finisce per diventare una specie di trappola per topi che svolazza come una farfalla selvatica. Poi scuote i seni che, indipendenti e coraggiosi, vanno su e giù, alternativamente. Il suo addome inizia a prendere vita, ondeggiando come una bandiera.

Devono fermarla prima che, con il controllo assoluto del suo sfintere anale, cominci a defecare piccole forme animali dall'aspetto curioso: una

ranocchia, una tartaruga, una conchiglia… una
stella marina…

* * *

—È perfetta, vero? —dice un cameraman.
Uno sconosciuto. Marcos non capisce subito che
sta parlando con lui. Stanno mettendo a posto le
attrezzature, ed è rimasto stupito nell'osservare
un'assistente che massaggia le cosce della musa del
momento, proprio come si fa ai calciatori, dopo
una partita.

—Sì, lo è —risponde Marcos, senza voltarsi
per guardare in faccia chi gli parla. Sicuramente
sarà assorto quanto lui.

—Il bello è che oltre al fisico, c'è di più… È
un mostro.

—Un mostro?

— Stiamo parlando di uno dei più grandi
geni. Quella meraviglia della tecnica umana non lo
è solo nel corpo.

"…E perchè mai un genio dovrebbe fare
film porno?" si chiede Marcos, ma non trova il
coraggio di fare quella domanda. Non crede

neppure che, sporcandosi la bocca con quelle parole, si guadagnerebbe la sua stima.

—Quella che vedi è una superdotata dell'Intelligence russa! Ho letto molto su di lei, anche se qui in Occidente, per ora, è una perfetta sconosciuta. Laureata in astrofisica ed ingegneria quantistica, ha risolto problemi matematici che sembravano impossibili per la comunità scientifica. Scriveva a Grigori Perelman ed ha risolto l'equazione dell'epicentro relativo di una presunta quarta dimensione. È incredibile!

Ora sì che Marcos guarda quel tipo. Sembra un hacker, con la barba folta e gli occhiali scuri. La sua maglietta di Star Wars dice tutto.

—A soli sedici anni era pilota collaudatore della VVS —prosegue il tale. —Con un Mig-25 Foxbat, modificato da lei, aveva raggiunto i 30 kilometri di altitudine in meno di tre minuti e mezzo. Un razzo! Era riuscita anche ad eguagliare il record assoluto di altitudine di 37.000 metri.

"Merda..." pensa Marcos. Lui... che pensava di far colpo con la sua Ferrari! Non c'è niente da fare... Svetlana ha già volato a tremila seicento kilometri all'ora. Impossibile da battere.

—...Ha vinto alcune partite a scacchi all'interno della centrifuga. Sai che cos'è?

—Non ne ho idea...

—È una capsula che ruota intorno ad un asse. La usano i piloti, per allenarsi. Vengono sottoposti a forze gravitazionali in grado di aumentare il peso del loro corpo fino a nove volte. Di conseguenza, si ha l'incapacità di percepire qualunque colore ed una visione ad effetto tunnel ... In quattro ore è riuscita a dare scacco matto a tre giocatori professionisti russi: due campioni provinciali ed il vice campione russo.

Marcos si sente spacciato. Non c'è niente da fare. Alle ragazze piace essere stupite. Gli uomini sono nati per questo. È la loro tattica vincente. Alle ragazze piace essere ammirate... ma l'apprezzamento basato solo sulle curve seducenti, gli occhi grandi e la pelle morbida. Non vogliono mostrarsi troppo spregiudicate. Questo no.

—Noi non abbiamo nessuna speranza, amico —dice il cameraman, che ha già intuito le intenzioni dell'elegante corteggiatore. —Quella ragazza è un proiettile troppo grande per un fucile così piccolo.

Capitolo undici

Sopraffatto dalle circostanze, Marcos non riesce a tenersi dentro tutto quello che ha scoperto sulla talentuosa Svetlana. Vuole raccontarlo a qualcuno. Perciò va alla stazione. Forse perchè non ha molti amici, oppure, per l'occasione, sente il bisogno di rivolgersi ad un amico "sconosciuto". Ma Alphonse non c'è.

Strano… Di solito c'è. È "casa sua". Per un pò cammina nei paraggi. Pensa… e, all'improvviso, gli viene in mente che, forse, potrebbe essere all'ospedale, che il pazzo di turno, ed il suo mazzo di fiori, lo ha sequestrato.

Va… sale… e trova Alphonse buttato a terra, proprio come si siede alla stazione. Sembra il suo modo di occupare un posto, nella sua vita ed in quella degli altri. È pur sempre un senzatetto. Non entra neppure completamente nella stanza, anzi, resta quasi sulla porta.

Marcos sta per raccontargli tutto, ma proprio in quel momento, ci ripensa e chiude la sua boccaccia. Aveva pensato di dire qualcosa del tipo: "Cazzo, devo raccontarti una cosa incredible…" ma, proprio nel momento in cui avrebbe dovuto farlo, ci ripensa e decide di riflettere meglio sulla sua situazione delicata.

Quando ti vanti delle abilità sessuali della ragazza che ti piace, o con cui sei stato, si presuppone che tutto il suo talento l'abbia condiviso con te. Svetlana, invece, non l'ha neppure visto. Ha fatto sesso, e tanto, ma con altri. Questo cambia tutto, trasforma un vincitore in una vittima.

Comunque, Alphonse gli fa un chiaro cenno di restare in silenzio. Perciò, senza dire una parola, Marcos si siede vicino a lui, a terra, proprio come fanno di solito sui cartoni della stazione. "Dentro", vicino al letto della convalescente Dominique, Bênoit stà leggendo. Legge una sublime poesia. Una poesia che potrebbe far tornare in vita i morti, almeno questo è quello che spera. Una poesia confortante…

Certo, è un momento delicato, da rispettare. La madre di Dominique, seduta sulla solita sedia, fa da testimone. Alcune infermiere prestano attenzione… Dovrebbe essere un momento felice. Bênoit sfrutta tutte le sue potenzialità artistiche per leggere, al suo grande amore, poemi che alludono a farfalle che, abbandonati i loro bozzoli, tornano a volare libere; a fiorellini che sbocciano, con l'arrivo della primavera… ad uccellini che tornano liberi, dopo aver rotto la gabbia. Poesie di speranza, insomma, ma tutte con un certo cattivo gusto, poichè in ognuna di esse si cita, seppur in maniera sublime, il grosso dolore di Dominique.

Inoltre sono anche difficili perchè, per cantare la sua Dulcinea, ferita ed insultata dal destino, il ragazzo, era andato a ricercare parole da dongiovanni, vacue ed antiche, parole che, al giorno d'oggi, potrebbe usare solo un cretino.

Finiscono per applaudire. Per un momento perdono il lume della ragione. Forse, tra gli altri, l'atteggiamento della stessa Dominique è quello che più si adatta alla circostanza, perchè non applaude e non parla. Per prima cosa non può, e, seconda cosa, non vuole.

—Con tutto il mio amore, tesoro —e Benôit si prende la libertà di darle un bacio sulla fronte. O meglio, sulla garza. Potrebbe scoparsela subito, lì nel letto, davanti a tutti, ma si scoperebbe solo una benda.

—Volevi dirmi qualcosa? —Alphonse chiede a Marcos.

—Mah… No… Niente…

* * *

Di certo una scatola di cioccolatini e qualche fiore nel suo camerino, non sono il modo migliore per entrare in confidenza con Svetlana. Per lei ci vuole ben altro. Perciò, un pò d'ingegneria risolve il problema:

—È questa la tua macchina? —chiede lei. — Quella che volevi farmi vedere?

Marcos è nervoso:

—Sì… sì, è questa.

Rossa, schiacciata, eccentrica… È nel parcheggio degli studi cinematografici, in una giornata di sole.

—Che macchina è? —chiede Svetlana, che, con arroganza, gli porta via le chiavi dalla mano.

—Una Ferrari.

—Oh, sì certo!… Una Ferrari! In Russia preferiscono le Rolls.

—E perchè le Rolls?

—Perchè hanno il bagagliaio.

Comanda lei. Apre la portiera, ed entra in macchina di fronte allo stupore di alcuni passanti, conoscitori della vita notturna cinematografica; durante la complessa manovra vedono le sue mutande, perchè indossa una minigonna indecente… ma restano ancor più sorpresi dall'incredibile trucco di magia con il quale una ragazza così alta riesca a mettere lì dentro le sue gambe affusolate.

—Sali? —gli chiede.

—Sì, certo… —Marcos si affretta, non vuole farla aspettare. Entra, e vede che lei sta esaminando la spartana postazione di comando. Sicuramente antiquata quanto quella di un MIG. —All'epoca, questa vettura faceva furore. Era la più veloce al mondo —spiega, come se ci fosse ancora qualcosa da raccontare a chi sembra già aver visto tutto. —Le richieste erano così numerose che si scatenò un mercato di rivendite, come per i biglietti delle partite di calcio. Insomma, un mercato parallelo. Per averla, alcuni erano persino disposti a pagare più del triplo del suo valore, nonostante fosse ancora in vendita nelle concessionarie.

—Questa cos'è? —chiede lei, bruscamente. Accenna ad una bombola di ossido nitroso, mai collegata.

—Questa non è una F40 normale. È stata modificata da un preparatore giapponese. In origine aveva un motore atmosferico, a cui sono stati collegati due turbocompressori, per raggiungere i 1000 cavalli di potenza.

—Hanno adattato la centralina?

—Sì.

—Sospensione, caduta di tensione, centro di gravità, radiatore, valvola a farfalla...?

Marcos non è sicuro.

—Beh… Penso di sì —risponde, ma senza essere molto convinto.

—Proviamola!—dice lei.

Mette in moto. Con i tacchi, è ovvio che non c'è spazio per le sue gambe. Inoltre, la classica griglia della scatola del cambio delle Ferrari dell'epoca, pesante ed imprecisa, richiede molta pratica. Comunque Svetlana si è già confrontata con macchinari ad alto rischio dell'epoca sovietica, ed è perfettamente in grado di individuare ogni difetto della meccanica più approssimativa. Ha esaurito le sue energie con alcune leve che le restituiscono il colpo brutalmente, ha dovuto tribolare con la trasudorazione d'olio di vecchi aerei ad elica, ed è sopravvissuta all'eiezione della cabina di un reattore fuori controllo. Almeno, un'auto è pur sempre un'auto. Quindi schiaccia l'acceleratore e la vettura diventa una vera furia. I pneumatici cominciano a stridere come topi, e si sprigiona un denso fumo... ma, nonappena l'esperta dominatrice di quegli odiosi congegni riesce ad individuare il problema, lo stridio cessa immediatamente e, prima ancora che la vettura esca dal poligono industriale, in cui si trovano gli studi cinematografici, hanno già raggiunto una velocità quattro volte superiore al limite consentito dalla legge.

—C'è un'anomalia nel soffio del primo turbocompressore —afferma. —E il secondo si abbassa troppo velocemente, gravando sull'assetto del cambio—aggiunge. In quel momento, Marcos pensa di trovarsi nel posto sbagliato, che quella non è la sua auto, bensì una maledetta macchina del tempo: avverte una sorta di effetto tunnel ed un micidiale reflusso intestinale gli è arrivato alla gola, con l'intenzione di uscire. —Dovresti liberare un pò di più il tubo di scappamento sinistro. Trattiene molta potenza —spiega, ormai ad orecchio. —E poi, guarda! Questa pompa d'iniezione non è adatta— è vero... Il motore, tanto sollecitato e sovraccaricato, si ferma per qualche millesimo di secondo. Il rodaggio continua solo per inerzia, e poi, quasi immediatamente, in un batter d'occhio, il motore si riavvia. —C'è un problema di distribuzione, dovuto alla gravità nelle curve a destra —insiste. È un mostro… un diavolo… L'universo è nelle sue mani, perchè l'auto avanza nel traffico a zigzag, proprio come una gallina nell'aia che fugge da una volpe affamata.

"Merda, merda, merda!"

Marcos vuole vomitare. Sarebbe la cosa più umiliante del mondo. Come se, una volta a letto, dove spera di finire con Svetlana, per scambiare i ruoli lei indossasse un pene artificiale. Sono ormai lontani i tempi di gloria in cui, con la Ferrari a tutta velocità, terrorizzava le ragazze. Nel viavai della strada per l'inferno, ad alcune erano scoppiate le tette al silicone. Altre lo supplicavano di fermarsi, e si facevano persino la pipì addosso, sul sedile.

Per fortuna l'auto si ferma. E non per una semplice sosta. Si ferma fuori strada, in una cunetta. Quindi l'auto scivola sulla ghiaia e prosegue la sua corsa in un terrapieno, fino a raggiungere una strada ferrata… ma interviene Svetlana che, con un colpo d'occhio, compie un rapido calcolo delle leggi di gravitazione universale, e riesce a sterzare nella direzione giusta.

I pneumatici perdono velocità ed infine si fermano, effettuando un arresto perfetto.

Scende… Marcos fissa il suo fondoschiena. È sublime.

— Se aumentassi il peso del 10% nella parte anteriore, potresti ottenere un'accelerazione più rapida— spiega. Intanto riesce finalmente a capire come diavolo si apre il cofano, che è posteriore. —Dovresti mettere delle pietre nel bagagliaio.

—Pietre…?

—Qualcosa di pesante, lo sai. Perderai efficacia nel bilanciamento, ma otterrai una maggiore aderenza.

No… non è possibile… Mette mano direttamente al motore.

—Che fai? —chiede Marcos.

—Hai la cassetta degli attrezzi?

Certamente. Quell'auto ha più di vent'anni. È logico portarsi dietro almeno qualche chiave inglese.

—Sì.

—Portamela!

Marcos si volta. Questo non significa che sia d'accordo. Significa che sta semplicemente eseguendo gli ordini. Dalla parte anteriore della vettura prende la valigetta degli attrezzi e gliela consegna, tremante.

—Mah, queste misure occidentali!... —dice lei, prendendo qualche attrezzo.

—Cosa vuoi fare?

—I filtri non servono; sono intasati. Il dissipatore provoca una forte dispersione di energia termica —dice, tirando fuori una carcassa di plastica, che butta da una parte.

—Ma... —dice Marcos, un pò titubante, non sapendo se raccoglierla o lasciarla lì. —È un kit molto costoso...

—Ti hanno fregato. Il tubo di alimentazione dovrebbe essere più stretto; per una maggiore pressione, capito? —Marcos annuisce. —Cercherò di stringerlo un pò —e, tira fuori una ghiera, da qualche altra parte, a suo dire indispensabile per soffocare il passaggio del carburante, in modo che arrivi all'interno dei cilindri con una pressione più forte. È un trucco usato durante la Guerra Fredda.

—Spero che tu sappia quello che stai facendo… —Marcos è perplesso, ma non vuole usare un tono di rimprovero.

— Non siamo in Siberia, anche se Parigi non è certo l'Afghanistan. È impossibile che si verifichi una fusione del blocco motore.

…Soprattutto perchè un motore nuovo può costare quasi quanto un'auto nuova.

—Dai, smettila di frignare, e baciami—dice. Questa è nuova. Finalmente qualcosa di coerente con il suo mondo. Finalmente, qualcosa da cui Marcos avrebbe punto trarre giovamento, il momento più sconvolgente della sua vita.

Baciarla…? Dove…? Lei si gira sul motore. Si china su di lui… Bel culo, naturalmente.

—Dai, baciami —ripete lei, e si tocca la natica. Marcos non capisce… Forse nel vocabolario occidentale di una russa che conosce sette lingue, c'è ancora qualche imperfezione. Forse avrà confuso il verbo baciare con qualche altro, che non si riferisce certo ad un bacio tradizionale.

…Ha toccato la sua natica… è ancora china, a lavorare sul motore… ed ora solleva la minigonna di qualche centimetro. In quel momento Marcos capisce. "Baciami" significa qualcosa come "leccami il culo". Dev'essere così.

Marcos si abbassa. La posizione è quella giusta. Il sedere assume fattezze enormi, ma perfette. Sicuramente i filosofi greci si erano ispirati ad un sedere così, per affermare che la Terra è rotonda.

Si scosta lo slip. Poi ci ripensa, perchè ha le mani sporche di grasso.

—Fallo tu —ordina.

"Fallo tu..." Marcos non ci crede. Gli stanno consegnando le chiavi del Paradiso. L'Olimpo ai suoi piedi. Si abbassa, si mette di fronte a quel culo... alza la minigonna... e, mentre ficca il muso lì dentro, si accorge che le labbra che sta per divorare non restano inerti, come in altre donne. Le labbra vaginali di Svetlana hanno vita propria. Restituiscono il bacio ricevuto. Forse è per questo che ha detto "baciami". Ha un senso. A quelle labbra manca davvero solo la parola!

Capitolo dodici

Sophie entra con una faccia strana. Non ha una bella cera. Dominique glielo legge in faccia; c'è qualcosa che non va.

—È un povero pazzo!—dice.

Sono all'ospedale e, per avere una maggiore privacy, chiudono la porta. Non c'è nessuno. La mamma non c'è, nè l'ultimo innesto nel corpo di Dominique: Benôit.

—Cos'hai scoperto? —chiede Dominique, attraverso l'imbuto artificiale ed immaginario della sua bocca; le bende.

—Un pazzo. Non c'è dubbio. Sono entrata nel suo profilo Facebook, fingendomi una dei tanti collezionisti.

—Una collezionista?

—Ora ti racconto. Prima di tutto, quello è un tipo veramente strano. Vive ancora con sua madre. È schivo. Si mette la cravatta tutti i giorni, per qualsiasi cosa. Porta sempre i pantaloncini corti. È un pò come se fosse la sua divisa per la vita.

—Sì, è patetico.

—Per non parlare della sua vita sociale. Sembra che trascorra tutto il giorno a casa. Lo so per le informazioni tristi ed umilianti, riguardanti la sua vita privata, che pubblica su Facebook. "Mi sono alzato un pò tardi… Per colazione mangio pane e prosciutto… Vado a fare un pisolino… Che sonno! …Sono andato a comprare il pane…"

—Scrive tutto quello che fa?

—Ha cinquemila amici, ma nessuno commenta le sue informazioni. Per lui, Facebook è una specie di diario di particolari insignificanti di una persona insignificante. Non so se si è reso conto che nessuno legge quello che scrive.

—Però ha cinquemila amici. Sono tanti.

—Sì, ma… che amici! Sono quasi tutti collezionisti di ogni parte del mondo. Collezionisti del mondo di Star Wars. Sai, figurine, commenti, aneddoti…

—È un hobby innocente.

—Innocente? Nei forum ho letto le sue discussioni riguardo a combattimenti fittizi tra i cavalieri dello spazio. Discutono di vere cavolate. Giocano persino alcune partite a scacchi con le figurine. Inoltre legge i fumetti e li scambia per posta. Parlano anche di Capitan America e si inventano duelli con Batman, Spiderman, I Cavalieri dello Zodiaco…

—Questo è cinese per me.

—Cara. Mi hai chiesto di raccogliere informazioni. Per dimostrarti che ci ho lavorato parecchio, ne ho memorizzato alcune. In realtà, ho chiesto a mio nipote di dodici anni di darmi una mano per scoprire chi diavolo è quel tale.

—E quindi…?

—Completamente pazzo!

…Però è una brava persona. Arriva, tutto sorridente. Porta sempre i fiori; il personale delle pulizie, ormai, non ne può più di buttarli alla spazzatura. Quelli che rimangono, pian piano, formano una selva che prende corpo per tutta la stanza. Dominique, che iniziava ad averne piene le tasche, gli ha chiesto di non portarne tanti, perchè è già tutto molto bello… Ma Benôit risponde che li porta perchè, di notte, sprigionano ossigeno… perchè teme che i dispositivi medici possano smettere di funzionare e che lei rimanga senza ossigeno, proprio mentre i sorveglianti sono incollati ai programmi della tv spazzatura della notte.

Il cialtrone mette in ordine i fiori rimasti, e fa posto ai nuovi. Sophie lo lascia fare, ridendo sotto i baffi.

—Davvero, può anche essere che sprigionino ossigeno —dice Sophie, —ma, se non c'è spazio per far circolare quell'ossigeno, siamo punto e a capo!

—Davvero, l'ho letto! —dice Benôit, come pure ha letto di rituali ed amuleti. Quello che ha in mano è già il terzo. Ieri aveva appeso sulla testata del letto un amuleto tibetano, preso in un negozio di prodotti contraffatti. È una collana serigrafiata, con dei pompon ed un'incisione, formata da un groviglio di linee intrecciate che, se sbrogliate, formano una svastica. È molto apprezzato dalla gente ricca, che vede nell'Himalaya il luogo per eccellenza in cui si concentra il bene in assoluto.

… Siccome Dominique è del segno del leone, l'altro ieri le aveva portato un sole di plastica. Pensa che il Sole possa trasmetterle l'energia necessaria per uscire a testa alta da quel brutto momento che sta vivendo.

Oggi, non avendo molto altro, porta un adesivo con un quadrifoglio che, in realtà, fa parte di una campagna pubblicitaria di un partito comunista in auge. È verde, perchè gli inganni della democrazia si nascondono dietro un'apparente ideologia ecologista.

—Cos'è questo schifo? —chiede Sophie, che sta perdendo la pazienza.

—Vibrazioni positive! —risponde lui. — Come stai oggi, Dominique?

—Bene. Grazie, Benôit — Sì, Dominique sembra aver abbassato la guardia. Forse le sue grandi ambizioni e le sue vanità si sono leggermente affievolite, perchè la vita è stata molto dura con lei.

—Hai dormito bene?

—Sì.

—Ti è piaciuta la colazione?

—Sì.

—Sei riuscita a fare la cacchina?

Sophie non riesce a crederci. Sembra un dottore. Anzi, peggio!

—Sto bene, Benôit.

—Ok, siamo a posto. Sai che non possiamo permetterci di sbagliare. È già passato il dottore?

—No, non ancora.

—Non ancora? Sono le undici e mezza! —e guarda l'orologio. —Dove diavolo si sarà cacciato? —… ed esce dalla porta, per andare a cercarlo.

Dopo aver assistito a quella scena, Sophie guarda Dominique.

—Devo ammettere che il tuo incidente è stato un duro colpo per tutti… ma ora posso dire che provo veramente compassione per te!

—È un bravo ragazzo.

—Ma non lo raccomanderei a nessuna. Gli psichiatri sono pieni di brave persone. Non buttarti giù. Fallo per te, tu vali molto!

—Ne sei sicura? Hai visto come mi sono ridotta?

—Tornerai ad essere bellissima.

—Ah, ci credo, come no?!… Sai chi è il mio chirurgo?

—Sì, lo so.

—È una faccia di bronzo.

—No… È il miglior chirurgo plastico di tutto il Sudamerica. Non importa che stia qui con te per farsi pubblicità. Ti scolpirà come una statua!

—Ne dubito.

—Continua pure ad essere diffidente… l'importante è che tu non abbia alcun dubbio su quel demente. Non fa per te!

—E chi sarebbe la persona giusta per me? Climent?

* * *

Climent è un presuntuoso di merda. Fa la pornostar perchè non sa fare altro. In pratica è come il fuco che, per definizione, viene usato solo per fecondare l'ape regina. Se è per questo, Climent non ingravida nessuna… ma vola di fiore in fiore, girando più di cento film all'anno.

Oggi deve scoparsi Svetlana. Ha saputo cose meravigliose sul suo conto e vuole fare bella figura. Si dice che la ragazza abbia "steso" più d'uno di quegli stalloni, e questo abbassa il loro cachè.

Il giorno prima delle riprese, nel miglior centro estetico di Parigi, in centro città, il suo corpo da atleta viene sottoposto a depilazione laser. La macchina abbrozzante si spegne proprio nel momento in cui uno spettrofotometro portatile indica che la tonalità di abbronzatura ottenuta è quella adeguata. Gli misurano anche l'idratazione cutanea e gli fanno un trattamento per la sudorazione.

Durante la notte, vengono applicati alcuni pesi al pene, per rafforzarlo. In quanto alla cena, solo yogurt naturale, ricotta con pane integrale e latte di soia, per favorire una perfetta circolazione sanguigna e far sì che il membro dia il meglio di sé. Niente sale, è vietato; usa solo i sali da bagno. Poi, per rinvigorire il corpo, un bagno in acqua fredda, per qualche minuto.

Oggi fa l'idraulico. Indossa una tuta blu, che gli rimane aderente, una cassetta degli attrezzi, praticamente vuota, che porta in mano con una leggerezza tale che sembra essere di carta, ed una chiave inglese. Tutto nuovo di zecca. …È un idraulico molto curato, con le unghia laccate, un sorriso smagliante ed attrezzature appena acquistate… Forse è il suo primo giorno di lavoro.

Lei gli apre. Indossa una camicia da notte molto sexy, ma cerca di coprirsi il seno con una vestaglia.

Il problema è il lavandino otturato, naturalmente. Il lavandino non può mancare. È un espediente degli sceneggiatori di porno sulla via del declino. In questo caso, potrebbero farli trombare in qualunque circostanza, simili macchine del sesso non hanno bisogno di un pretesto, o di una scenografia. Sono lì per quello che sono: due mostri della pornografia. La metà degli internauti non vede l'ora di vederli in azione, Con tutta la pubblicità alimentata da Svetlana e dalle sue grandiose interpretazioni.

Lui si china per aprire il mobile del lavandino. In realtà non sa nemmeno cosa diavolo farne di una chiave inglese! Quello che deve fare è abbassarsi per mostrare il culo, cercando di tenere i muscoli contratti, per farlo sembrare ancora più statuario di quello che è… che è già tanto.

Lei, maliziosa e disinvolta, seguendo una routine quotidiana per nulla credibile, si siede nella sala da pranzo, quasi senza guardarlo, e comincia a sbucciare una stupida banana. Altro espediente di sceneggiatori senza futuro.

...Nessuno mangerebbe una banana in quel modo assurdo. Nemmeno se fosse l'ultimo pasto della sua vita, in punto di morte. Prima la lecca, la infila in bocca, poi la tira fuori, e l'osserva, con uno sguardo assorto...

Nel frattempo, Climent tira fuori la testa da sotto il lavandino per guardarla. La fissa per un pò. Sul copione è scritto così, più o meno. Gli hanno suggerito di improvvisare. Sono professionisti, sanno cosa fare. Perciò Svetlana, annoiata da quell'inutile vita da casalinga e stufa di quella banana, troppo piccola per i suoi gusti, la getta via.

Lui continua a far finta di niente, ma il cameraman, molto attento, ha già inquadrato la sua erezione, sotto la tuta da lavoro. È una notevole protuberanza, che non passa inosservata.

Mentre Svetlana apre le gambe, fingendo un improvviso colpo di calore, invece di aprire la zip e cominciare a toccarsi, all'improvviso, Climent da un sussulto e cade all'indietro. Questo non è previsto, ma si continua a girare; qualcosa lo ha spaventato... qualcosa che sbuca da sotto il lavandino.

—Scusate, mi dispiace... —dice Marcos, che a malapena riesce ad uscire da lì, mentre lo osservano, tra lo stupore e l'indignazione, che cerca di divincolarsi nel groviglio di tubature. Marcos, che stava osservando tutto da lontano, colto da un raptus di gelosia e senza esitazione alcuna, aveva deciso di irrompere in scena. Cercando di sabotare il cablaggio elettrico e rompendo qualunque cosa abbia incontrato nel suo percorso, si era diretto verso il fondale. Sarebbe stato persino disposto a provocare un infortunio a Svetlana, per farla portare all'ospedale e, quindi, allontanare dal set. Anche se la sua prima idea era stata quella di corrompere Climent: Marcos, in quanto azionista della casa produttrice, gli avrebbe offerto un bel pò di soldi ed un eccellente contratto. In cambio avrebbe dovuto uscire di scena, fingendo un mal di stomaco.

—Marcos?! —Svetlana è sorpresa.

Climent continua a guardarsi intorno. O meglio, cerca di far finta di niente. Probabilmente, data la sua grande esperienza e la sua faccia tosta, non aveva nemmeno letto attentamente il copione, se mai ne esiste uno! Sta di fatto che, in scena, c'è un altro tizio e, non riuscendo a ricordare se nella prima scena era previsto un trio, o un qualcosa del genere, ha dovuto improvvisare, fingendo di spaventarsi, per prendere tempo. Si apre la cerniera… e, con la coda dell'occhio, guarda l'intruso, che sembra implorare la "russa d'oro", e, come da copione, si avvicina a lei, mettendole una mano tra le gambe; nel frattempo, le fa toccare il suo pene eretto, che, come al solito, tiene in mano senza neppure guardare. Intanto sembra che stia litigando con l'altro "attore".

—No, aspetta —dice Marcos. —Mi dispiace … —e smette di litigare con la "sua ragazza" per togliere di mezzo quel dannato pene. In altre parole, è disposto persino a toccarlo pur di allontanarlo dalle mani di Svetlana.

—Ma che razza di film è questo? — mormora Climent, sperando che la ripresa sia ancora valida.

—Aspetta, Climent —dice Svetlana. —Non stanno filmando.

—Non stanno filmando?

—Grazie… Molto gentili… —dice Marcos. Poi, con le mani giunte, in un gesto di supplica, si rivolge all'équipe, regista compreso. —Ci vorrà solo un attimo, per favore. Mi faccio carico delle spese…

Nessuno capisce nulla. Climent sbuffa, ma non si chiude la zip, perchè, una volta "messo in moto", con il "motore" caldo, deve mantenere il minimo, toccandosi il membro, cosa che, per fortuna, fa dall'altra parte della sala da pranzo, su una sedia, in attesa di riprendere a girare.

—Sarai anche azionista della casa di produzione, ma non sei il mio padrone!—dice Svetlana.

—Lo so… lo so… Non ho il diritto di farlo. È la tua vita e non posso intromettermi. Sei stata molto chiara. Molto.

—Ho lasciato la Russia per questo lavoro.

—Sì, ti capisco… Ma… perchè non capisci anche me?

—Capisco tutti gli uomini che avrebbero voluto sposarmi. E, sai una cosa? —ed alza la mano, mostrando le dita, — vedi forse un anello nuziale?

—No… è vero… lo so… il fatto è che… Non so se esistono parole per esprimere qualcosa che non ho mai provato prima.

—Avresti dovuto pensarci bene. Le parole servono per comunicare.

—Sì, certo. Forse se riuscissi a trovare le parole giuste, potresti cambiare idea… ma non le ho trovate. Ho pensato mille volte a quali parole avrei dovuto usare con te, ma credo che non ci sia nulla da dire!

—Devi solo farti da parte, allora!

—Vorrei farlo… ma qualcosa mi dice che non devo.

—Marcos… sei un farfallone. La tua fama ti precede. Sei rimasto stupito da un paio di rapporti anali… ed ora credi di essere innamorato. Te l'ho già detto: per me, trombare con la gente, è normale.

—Sì, certo. Anche per me.

—Allora non vedo il problema.

Marcos alza le spalle.

—Pensavo solo che…

—Non c'è niente da pensare. Tu hai il tuo "lavoro", io ho il mio!

E, come uno scemo, Marcos guarda istintivamente il pene di Climent, che è ancora lì, intrepido. Alla fine della loro discussione, sarà tutto per Svetlana.

—Ok, mi è venuta un'idea—dice.

—Che cosa, Marcos? Non peggiorare la situazione!

—No, sul serio. Ho un'idea: perchè non facciamo questo film insieme?

Svetlana non riesce a crederci. È una proposta assurda.

—Vuoi fare un film porno?

—Sì.

—Ansimi come un bambino. Non va bene!

—Sì, lo so. Non sarò uno stallone come lui… ma voglio farlo.

—Servirà solo a rimandare qualcosa di inevitabile.

—No, davvero. Pagherò tutti i film. Avrai un nuovo contratto e farai film porno solo con me.

—E cosa succederà quando la gente si stancherà di vedermi scopare con te?

—Beh… Non lo so… qualcosa ci inventeremo!

—Così non va. Il pubblico vuole vedermi con gente della categoria. Domani è il turno di Rufus, il Grande. Sai chi è?

—Non ne ho idea.

—È un afro-americano, alto la metà di te ma con un pene lungo quanto il mio avambraccio! Questo è quello che vuole il pubblico! Questa è la mia strada.

—Ma... eri un pilota... un genio degli scacchi...

—E quindi...?

Marcos non sa più cosa dire. Si sente in trappola, come in un vicolo cieco.

—Va bene, ok —e guarda di nuovo il pene di quell'altro. —d'accordo.

Capitolo tredici

—Sì, Benôit. Sei stato il mio primo bacio! —Alla fine Dominique lo ammette. A quelle parole, il ragazzo rimane più che soddisfatto. Almeno, pur avendo posseduto solo una piccola parte di lei, era stato lui a sverginare la sua bocca, secondo quel criterio assurdo ed esagerato degli uomini di voler essere sempre i primi in tutto con una donna.

—Ti ricordi di quel momento?

Sì, certo… e soprattutto perchè era rimasta piuttosto delusa.

—Sì, mi ricordo —dice lei, sorridendo con diplomazia.

—Mi sei mancata molto.

—Già… Eppure, un primo bacio non significa vite parallele.

—Forse… Non so… —è incerto, come un cretino. —Non credi che io e te, qui, beh… è un segno del destino?

—Sono qui per colpa di una carogna, Benôit. Non dimenticarlo,—borbotta; anche la gentilezza ha un limite.

—Sì, però… se non avessi subito quell'incidente…

—È un pò forzato pensare così. Benôit, hai aspettato per vent'anni una risposta che avrebbe potuto non arrivare mai.

—E non credere che non abbia avuto le mie storie! Rita era una ragazza fantastica. Un buon partito.

Sophie e la sua lunga ricerca gli hanno parlato di lei, una certa Rita. Una hacker con degli occhiali grandi quanto lo schermo di un cinema. Grassa, puzzolente e sdentata… Un buon partito, sicuramente.

—L'ho lasciata perchè non ho mai smesso di pensare a te.

—Benôit… sei un bravo ragazzo. Ma l'amore non è così.

—Sì, lo so. Ma sono molto paziente.

—Tu sì. Per quanto mi riguarda, non ne sarei così sicura.

—Già. Sarò paziente con la tua impazienza, che ne dici?

—Non saprei...

Tacciono. Ci sono momenti in cui tutto resta sospeso. La cosa più ragionevole da fare sarebbe quella di dare un bel calcio in culo a Benôit, prima che le cose si complichino ulteriormente.

—Sono passati vent'anni da quando hai scritto quella lettera d'amore —ricorda Dominique. —Eravamo due bambini.

—Il sentimento non è cambiato.

—Forse perchè tu non sei cambiato! Da quello che mi hanno detto, vivi ancora con tua madre.

—Sì.

—È proprio questo quello che intendo dire. Non hai mai viaggiato. Giochi ancora ai marziani.

—E...?

—Non so...

E tacciono. Di nuovo il silenzio. Di solito le conversazioni tra loro sono così, un botta e risposta. Altre volte, invece, molto profonde:

—Benôit… se non fosse per mia madre, che ha conservato quella lettera per vent'anni, non saresti qui.

—Una postina della provvidenza.

—Non fare il ruffiano. Le nostre mamme sono sempre andate d'accordo. Siamo stati vicini di casa sin dall'infanzia… Le nostre vite hanno preso strade diverse, e sarebbero rimaste separate all'infinito, se non fosse per il fatto che mia madre stia cercando di darmi una chance.

—Con me? Sono molto lusingato.

—Beh sì, con te. Si suppone che non le piaccia quello che faccio.

—Non vuole che sfili?

Sfilare? Dominique si indispettisce. Certo, sua madre non andava a raccontare a tutto il quartiere della professione di sua figlia.

—Va bene, lasciamo stare questa faccenda. Mi hai vista bene? Sono avvolta da un'infinità di bende.

—E quindi…?

—Beh… non mi hai vista!

—No, non ancora.

Dominique tace. A volte Benôit è davvero un idiota.

—È proprio questo che intendo dire, cazzo! Non puoi vedermi. Non sai cosa si nasconde sotto tutto questo schifo.

—Non importa. Sei sempre meravigliosa.

—La ragazzina dei tuoi ricordi è meravigliosa—lo corregge. —In realtà non sai nulla di me, della Dominique di oggi.

—Eri la prima della classe!

—Cazzo, Benôit! Come fai ad essere così cretino?

E non risponde. Tutto resta come sospeso. Persino i fiori sembrano aver smesso di respirare.

—Hai ragione, scusa —sospira Dominique. —Sei stato molto gentile con me e vorrei ricambiare il favore.

—Non si tratta di un favore. Sono qui perchè ti amo!

—Queste sono parole importanti.

—Sì, molto. Le più importanti che abbia mai detto.

Sì… Benôit spesso è un imbecille. A volte, però, dice le parole giuste per conquistare una donna. Dominique non sa cosa fare con lui…. Anche se, alla fine, decide che non avrebbe più accettato nulla da Benôit.

—Ehi… Oggi mi sembri un pò nervosa. Che ne diresti se andassi a comprarti quel buon gelato che ti piace?

Dominique sospira. Sì, c'è il gelato della via accanto che è delizioso.

—Va bene, accetto.

—Agli ordini — Benôit si fa coraggio. Passa all'azione, con entusiasmo.

—Benôit —Dominique lo chiama, proprio mentre sta uscendo.

—Cosa c'è, Dominique?

—Grazie!

* * *

Con fare presuntuoso, Climent entra in ospedale per la prima volta. Indossa un'elegante giacca sportiva, ma non metterebbe mai la cravatta. Sembra un playboy dei casinò di Las Vegas, piuttosto che un importante impresario. Le sue scarpe sono in pelle di coccodrillo, e sul cravattino brilla un diamante.

È attraente, ha un buon profumo ed un bel portamento... le infermiere restano ammaliate dalla sua bellezza.

—Ehi, piccola —dice, quando entra nella stanza di Dominique. —Sei tu, lì sotto? —obietta, riferendosi alle fasciature.

Dominique non riesce a crederci.

—Cosa ci fai qui, cretino?

Climent sorride. Sì, è lei. Il tale sembra masticare una gomma, pur non avendo nulla in bocca. Il suo è un gesto da viveur, gli viene spontaneo. Si avvicina come se stesse facendo una passeggiata, tenendo le mani in tasca.

—Sono venuto a Parigi per fare un film ed ho pensato di venire a trovarti.

—Adesso ti decidi a venire a trovarmi? Dopo due anni?

—Non ti arrabbiare, bambola! Ho dovuto affrontare una psicoterapia —e si avvicina. Prende posto. —Avresti dovuto vederti, cazzo! Sembravi una maledetta torcia umana! —ricorda. La prende in giro? Oppure dice la verità? —Sono cose che lasciano il segno… sai… la mente umana!— Sicuramente si sta inventando tutto.

—È vero che stavi impazzendo?

—Certo, bambola. Incubi e cose del genere. Me la sono vista brutta.

Dominique non sa cosa fare. È probabile che avesse ricominciato a girare a sole due settimane dall'incidente, subito dopo essersi ripreso dall'ustione riportata sul fondoschiena; strisciava, lo sanno tutti, mentre il sedere era in fiamme. Sarebbe stupido chiedere come aveva fatto a riprendere a lavorare così presto, perchè avrebbe risposto che lo psicologo gli aveva consigliato di riprendere una vita normale il più presto possibile.

—Sei venuto per girare un film?

—Sì. Sai, uno sei soliti—e, dopo averci pensato un attimo, aggiunge: —C'è una russa incredibile che sta facendo molto parlare di sè.

—La conosco?

—No, è nuova. Sono due anni che sei fuori dal giro. Eravamo i migliori, ti ricordi? —ride, e si siede, con sicurezza. —Abbiamo sfondato ai botteghini.

—Sì —dice lei. È più un gemito che una risposta.

—Peccato per questo macello… Insomma, allora anche il nostro flirt è finito!

—Un flirt, no?

—Sì, è così. Ci siamo chiariti. Amici…

"Amici…" Gli amici di solito ci sono sempre, nella buona sorte e nelle avversità.

—Ed è brava questa russa? —chiede Dominique. Non dovrebbe. Non dovrebbe entrare in quella contesa.

—Sì, sa il fatto suo —e il tizio abbassa la testa, timoroso… come se non stesse raccontando tutto ciò che ha visto. —Non è male…

—Lo succhia bene?

—Piccola, nessuna lo succhia come te!

—Ah, no?

—Cazzo… Non dirmi che metti in dubbio le tue doti! Non ho ancora incontrato nessuna in grado di fare "pulizia" come la tua.

—Sono lusingata…

—È la stramaledetta verità — e, con fare furtivo, controllando che non arrivi nessuno, Climent si avvicina un pò, trascinando la sedia verso Dominique. —Muoio dalla voglia di farmi fare un pompino da te.

—Beh, io muoio dalla voglia di fare un pompino! Sono due anni che non faccio sesso. Sai cosa significa?

E si guardano. Il tempo passa, e fuori, nel giardino, qualche uccellino cinguetta. Arriva un'ambulanza. Poi tutto tace.

—Credi che potresti…?

Detto fatto. Qualcuno passa nel corridoio… è un visitatore, un signore che sta andando a far visita ad un amico ricoverato. È stranito, sente un pò di confusione… si affaccia… ed entra nella stanza, arrivando fino al centro, cosa che non avrebbe dovuto fare… E vede un tale, grande e grosso, muscoloso, un pervertito che sta infilando, spudoratamente e con insistenza, il suo membro nell'unico foro disponibile sul volto di una ragazza completamente bendata. Sesso. Una fellatio ai limiti della dignità.

"Cazzo, cosa mi tocca vedere!"

*　*　*

Felice e contento, Benôit ritorna con il gelato. La sua vita acquista significato nel sentirsi utile e capace, ad ogni nuovo compito.

Entra… Dominique sembra essersi addormentata. Si china su di lei, sussurrandole all'orecchio che è tornato … Lei apre gli occhi e lo guarda…

—Ops, tesoro —dice lui. —Ti sei scatenata a letto!—finge di rimproverarla, con simpatia. Sì, le lenzuola sono in disordine. Lui le rimette a posto, facendo del suo meglio, e senza toccare in modo irrispettoso il corpo ancora inviolabile di Dominique.

Dominique… ha sentito il bisogno di piangere, ma si è trattenuta. Stava morendo dalla voglia di essere penetrata, dappertutto. Soddisfatta ormai quella necessità, pian piano comincia a sentirsi uno schifo.

—Benôit… —dice. Lui interrompe quello che sta facendo per prestarle attenzione, come sempre.

—Dimmi.

—Avvicinati.

E lui si avvicina. Forse vuole dirgli qualcosa all'orecchio. Invece, succede che Dominique, anche se malvolentieri, gli mette una mano tra le gambe. E stringe forte. L'espressione di Benôit cambia, passando in egual modo dall'incredulità al panico.

—Non ti muovere —dice lei.

Non può farlo. È terrorizzato. Il suo membro è stretto in un presa letale. Non riesce a reagire. Le ginocchia cedono.

"Non ti muovere...". In quel momento nessuna forza dell'Universo sarebbe stata in grado di scuotere Benôit. Dominique, senza mollare mai la presa, comincia a muovere la mano, con forza e decisione, su e giù...poi di nuovo su. È dura ed insistente; così, il minuscolo pene di quel folle amante, comincia a prendere corpo. Si indurisce, si ingrandisce, poi decolla... Benôit pensa di trovarsi alle porte del Paradiso, nemmeno mille sogni equivalgono ad un solo millesimo di secondo di quella magica sensazione. Dominique lo sta masturbando così, sotto i pantaloni. Sa bene quello che fa. E lo fa perchè si sente sporca, perchè si sente bendisposta... e perchè, se alcuni potenti approfittano della debolezza di una creatura indifesa, allo stesso modo un angelo che mostra devozione assoluta per una creatura maligna, non può che essere ricompensato con le perverse arti erotiche di cui la creatura maligna dispone in abbondanza.

Benôit si sente morire. Vuole strillare come un bambino... ma, prima che ciò accada, per evitarlo, la Natura risponde per lui ed è il suo pene che sputa fuori tutto quello che ha dentro, uno sperma invecchiato che gli macchia i calzoni, in un orgasmo da film che gli toglie il respiro.

Capitolo quattordici

—C'è qualcosa di smisurato in quella donna —dice qualcuno, accanto a Marcos. È il cameraman dell'altra volta. C'è gente dappertutto, ma l'èquipe ha notato un esagerato interesse, da parte di uno degli azionisti di maggioranza della casa di produzione, nei confronti delle riprese.

È per Svetlana. Sono stati adottati i dovuti provvedimenti per impedire a curiosi di ogni sorta di andarsene in giro ad impicciarsi di cose che non li riguardano. E non si tratta di curiosi di passaggio, o estranei; di solito sono altre èquipes di ripresa che, avvicinandosi per dare un'occhiata, si distraggono o perdono tempo.

La stanno truccando. Qualcuno le ha tolto la vestaglia per misurare la luminosità della sua pelle, per evitare che un bagliore possa rovinare la ripresa.

—Sì, è meravigliosa —mormora Marcos.

—Vi ho visti uscire insieme, con la Ferrari. Te la sei già rimorchiata?

Marcos lo guarda di nuovo. Che impertinente! Il tipo sorride.

Bene… Marcos deve ammettere che si sente perso e che ha bisogno di parlare con qualcuno, quindi abbassa la guardia:

—Abbiamo fatto sesso anale —spiega bruscamente, e l'altro spalanca gli occhi.—L'ha voluto lei. O meglio, l'ha preteso, senza parlare. Era… era come se qualcosa mi stesse risucchiando.

—È un'esperta conoscitrice dell'anatomia umana —dice lui, enfatico, forte di tutto ciò che ha letto su di lei. —Ha la vista di un Tuareg, l'olfatto di un cane, il polso di un… che ne so io! Sai che è stata sottoposta ad un test di abilità, ed è risultata in grado di infilare trentatrè aghi al minuto?

—Non lo sapevo.

—Bisogna pensarci due volte prima di provarci, con una donna così.

—Mi stai dicendo che sbaglio ad andarle dietro?

—Vedi… a letto è un'esperta. Questo è chiaro. Probabilmente, farsi una vita con lei deve avere il suo lato positivo. Il fatto che, fuori dal letto, sappia fare l'idraulico, il tecnico della lavatrice e l'installatore del gas… può essere comodo. È divertente. Ma non litigare mai con lei. Se già di per sè le donne sono abili manipolatrici, lei, oltre ad essere esperta in tecniche di autodifesa ed aver addestrato un'intera unità di poliziotti croati, che attualmente rappresenta l'élite dell'Europa dell'Est, è in possesso della qualifica omologata di psicoanalisi applicata a tecniche di tortura del KGB.

—Sì, fa un pò paura.

—Stai scherzando? Dov'è finito il playboy che tutti conosciamo e che ci fa morire d'invidia?

Marcos ci pensa. Lo guarda di nuovo:

—Forse è giunta la sua ora.

—Eri un asso. Un latin lover.

—Già… — Marcos fa spallucce. —È qualcosa che non riesco a controllare. So che non è la persona giusta. Che non va bene per me… Ma, chi lo sa? Forse l'amore è così!

* * *

Dominique sa che Climent non vale niente. È un buffone. Sa bene che con lui non esiste alcuna certezza. Se ne va e ricompare nei momenti meno opprtuni. È così. Va e viene. Non si fa vedere per due mesi, cinque... un anno... e ricomparirà al matrimonio di Dominique, o quando sarà felice, in attesa di un figlio da un compiacente milionario.

Arriva per rovinarti tutto, naturalmente. Questo è il guaio.

La cosa peggiore è che Dominique accetta di far parte di quel piano. Torna per umiliarla. Ride di lei. Si era messo a ridere quando l'aveva vista costretta a letto. Poi aveva detto che non aveva potuto fare a meno di continuare a fare pornografia. Ci sono attori che sono rimasti invalidi e continuano a farla. Lorena Bobbitt aveva tagliato il pene a suo marito, che poi si era arricchito facendo film porno. La gente è curiosa di vedere queste cose. Magari avrebbe trovato un pubblico numeroso, desideroso di vedere una Dominique diversa, trasformata in una sorta di umanoide gelatinoso, esperta di sesso orale.

"Merda, Dominique... Toglitelo dalla testa!".

Ma non ci riesce. Sa che non fa per lei, che è la cosa peggiore che possa capitarle… ma si "diverte" tanto con lui, cazzo!

* * *

—Voglio cambiare! —dice Benôit. La commessa si volta per dargli un'occhiata. È un tipo sgraziato. È ovvio che voglia cambiare.

—Prego?

—Voglio vestire bene.

La donna lo guarda dalla testa ai piedi.

—Lei indossa la cravatta!

—Sì… ma non basta. Voglio essere come quello —indica la gigantografia a figura intera di un bellissimo ragazzo, con le sopracciglia folte, su un pilastro del negozio.

—Vorrà dire… vestire così —dice la commessa.

—Sì, proprio così.

La donna scambia uno sguardo ironico con la sua supervisore che, mentre sistema i vestiti sugli appendiabiti, in ordine di taglia, ha sentito tutto.

Guarda di nuovo la gigantografia. Quello splendido ragazzo indossa un pantalone a quadri ed una giacca sportiva color rosa.

—Vede… signore… —si intromette la supervisore. —La moda non è fatta solo di vestiti. In sostanza… quegli abiti non la faranno assomigliare a quel ragazzo.

—Lo so. Stiamo parlando di un'approssimazione.

—Nemmeno. Lo guardi bene.

Lo osservano.

—Ora guardi lì, di fronte a lei— dice la commessa, che sa già dove vuole arrivare. Benôit guarda. È un'altra colonna, con un'altra gigantografia. In questa c'è un tipo barbuto, con occhiali spessi come fondi di bottiglia. Indossa una sciarpa con degli anatroccoli, un orologio giallo e scarpe bianche. —Questa è moda, perchè quel ragazzo ha classe.

—Anche se si vestisse in quel modo, l'opinione che la gente ha di lei non cambierebbe molto— aggiunge la supervisore.

—Già…

Benôit se ne va. Oggi non ha voluto comprare fiori. Ha deciso di fare un regalo più utile. Qualcosa di più intelligente delle piante.

Qualcosa di costruttivo, perchè tutti quei fiori avrebbero potuto stancare. Perciò ha comprato un lettore DVD portatile, così la sua ragazza avrebbe potuto guardare i film che lui avrebbe noleggiato nella videoteca. Ha voluto anche fare un cambio di look, consapevole di essere oggetto di critiche, in primis da parte di Sophie.

Lo incarta, se lo mette sotto il braccio… ed entra nella stanza con la sua giacca a quadri ed il pantalone rosa.

—Benôit? —Dominique è dubbiosa. — Come ti sei vestito?

E dai!… Sì, le donne devono essere superficiali. Fa parte della loro natura.

—Ti ho portato un regalo.

—Sei troppo gentile. Mi metti in imbarazzo!

—Sono qui per questo, no? Voglio che tu sia felice.

Dominique non risponde. Vorrebbe farlo, ma tace, perchè quello che deve fare ora è scartare il regalo e dare un bacio al suo cavaliere.

—Avanti, dammi un bacio!

Benôit la bacia. Sulla guancia.

—Benôit… Non so come dirtelo… Sono lusingata. Mi sento molto protetta accanto a te… però, non so, forse l'amore non è questo.

—Sì, credo di sì. Cioè, hai ragione.

—Insomma… …E mi sembra inutile la storiella del bravo ragazzo di cui una donna, con il tempo, si sarebbe innamorata.

—Lo sapevo.

—Ah, sì?

—Sì, certo. Quello che voglio è restare il più possibile al tuo fianco, anche a costo di vivere un amore non vero.

—Ma… questo ti farà soffrire molto.

—Se non lo facessi, soffrirei ancora di più. Sto scegliendo il male minore.

—Benôit… mi hai messo su un piedistallo che non mi merito.

—È il mio piedistallo. Sei la mia gioia.

—Questo mi lusinga, lo vedi? Forse noi donne non abbiamo bisogno di tanta adulazione. Piuttosto abbiamo bisogno di passione!

—Non capisco. Non farei mai qualcosa che ti manchi di rispetto!

"È proprio questo quello che mi piace degli uomini… Cosa ne sai tu?"

—Benôit, so solo che, di sicuro non andremo da nessuna parte.

—Va bene, voglio rischiare.

—Mi hai vista? A parte il fatto che il mio modo di pensare è lontano anni luce dal tuo, guardami! Sono costretta a letto.

—Ti hanno fatto gli innesti. Andrà benissimo.

—Forse… ma chi ti assicura che, una volta uscita da qui, non voglia più saperne di te?

—Nessuno. Neanche tu me lo puoi garantire. Ci avevo già pensato.

—Io non sono la persona che tu immagini.

—So solo che sei meravigliosa.

—…Forse lo sono, ma soltanto con un altro tipo di persone.

—Beh, peccato. …Ma continuo a pensare che tu meriti. Quello che ti è successo, il tuo incidente, è una nuova porta che non hai ancora attraversato nella tua vita. Un nuovo futuro, qualcosa di grande e meraviglioso.

—Con questo corpo?

—Sarai meravigliosa comunque. E sei grande nell'anima. Lo so. Lo sento. La tua sarà una grandiosa rinascita, come la Fenice.

—Benôit… forse non mi sono bruciata abbastanza!

Sì, per un attimo aveva avuto la tentazione di dirgli: "ieri ho fatto un pompino ad un tizio". E le era piaciuto. Le era piaciuto tanto. Sente ancora il sapore dello sperma su quelle labbra che la stanno già santificando.

—Capisco che tu sia l'uomo più meraviglioso del mondo. So che lo sei —dice Dominique, senza guardarlo, —ma a volte noi donne non abbiamo bisogno di questo.

—Sì, lo so.

—Non essere così comprensivo, cazzo! Ti sto scaricando, non lo capisci?

—Sì, lo capisco. Lotto. Semplicemente questo.

—Merda… Non lo capisci? Tu non hai la minima idea di chi sono io!

—Sì, lo so.

—Non sono Dominique, cazzo!

—Sì, certo… Due copertine di Playboy, un AVN Award, duecentotrentacinque film…

Dominique resta di sasso. Sotto le bende diventa rossa.

—Come cazzo lo sai?

—Beh... è impossibile connettersi ad Internet e non sapere chi sei. Una celebrità.

Dominique non sa cosa dire. Si sente confusa.

—E vieni a trovarmi lo stesso, tutti i giorni?

—Sì. È quello che voglio fare. Non m'importa che tu sia una pornostar.

* * *

—È che non riesco a sopportare l'idea che sia una pornostar. Mi distrugge —ammette Marcos. Ha sospirato. I suoi sembrano sospiri di un'aria quasi rosa.

—Sei geloso marcio, amico! —dice il cameraman. —Non capisco perchè, allora, vuoi assistere alle riprese di tutti i suoi film! La diretta mi distruggerebbe!

—Secondo te... un rapporto così potrebbe funzionare?

—Dipende. Conosco alcune pornostar che vivono insieme. Molti registi porno vivono con le loro attrici… Non saprei, si dovrebbe provare.

Marcos minimizza, e allora, ad ogni minuto che passa, il suo cuore sembra più pesante di qualche grammo.

—Non ci riesco, cazzo! Tutto quello che fa rimane impresso nella mia mente. La notte sogno quelle dannate trombate…

—Sì, dev'essere dura. Eppure, per sopravvivere a questo, forse dovresti ridimensionare quello che fa e non dargli troppa importanza. Così saresti sulla buona strada. Se riuscissi ad annullare tutti i suoi film, se ottenessi anche un prolungamento del contratto, e se diventassi tu stesso regista porno, tenendo in mano le redini della situazione, forse supereresti questo trauma prematuro del sesso.

Marcos non risponde. Gli sembra una buona idea… ma, allo stesso tempo, terribile.

—Stai dicendo che dovrei permettere che faccia sesso con più gente?

—Che lavori di più, semplicemente. Guardami… Sono un cameraman di film porno…

Credi che abbia un'erezione mentre sto filmando? Non potrei fare il mio lavoro se, durante le riprese, mi eccitassi di continuo. Forse è questo quello che ti manca. Ho visto talmente tante tette che, ormai, non mi fanno più nè caldo nè freddo. Secondo me, quello che devi fare è vedere Svetlana trombata talmente tante volte che il rapporto "purezza versus sensualità" non ti faccia più soffrire.

Capitolo quindici

Alphonse non riconosce Benôit a prima vista. Non indossa il suo solito vestito da imbranato, da figlio unico quarantenne che vive a casa di mamma. Indossa un pantalone a quadri ed una giacca sportiva rosa. Ora sembra uno strampalato dirigente di una fabbrica di caramelle.

Cammina a testa bassa e, come al solito, si butta vicino ad Alphonse, senza cercare di parare la caduta, come se, abbattuto da un cecchino, cadesse a terra cadavere…

—Stai bene, amico…? —chiede Alphonse.

—Sono un pò triste.

—Ah, capisco.

In questo mondo di ipocriti, Alphonse deve fare il finto tonto. All'insulso innamorato dei fiori succede quello che doveva succedere, che la sua ragazza non lo ricambia. Alphonse l'ha sempre saputo. Le mosche dell'ospedale l'hanno sempre saputo. Benôit e quella ragazza non sono fatti l'uno per l'altra.

—Non riesco a capire —dice Benôit. — Non riesco a colmare le mie ansie.

… Il suo modo di parlare è un pò assurdo, ma comprensibile. Alphonse pensa che quel tipo abbia scritto troppa poesia. La cosa più probabile è che, con quei discorsi ed il suo nuovo look, la gente lo giudichi ancora più idiota di quanto sia in realtà.

—Le cose del destino sono così. È per questo che appartengono al destino, non a noi.

—Sì, certo. Ha una sua logica. In fondo credo di aver fatto colpo più su sua madre, che sulla stessa Dominique.

—Sua madre?

—Sì. Come sai, è lei che ha conservato la mia lettera d'amore per vent'anni. L'altro giorno, Dominique mi ha confessato che non era stato tutto un malinteso, che la lettera non si era nascosta in mezzo ai documenti di casa e che mai nessuno l'aveva aperta. In realtà, la Dominique di allora, insieme ad altre amiche, durante un pigiama party, moriva dalle risate leggendo ad alta voce la mia lettera sdolcinata.

—Oh… — e questo è tutto. Alphonse non sa cosa dire, anche se il silenzio di Benôit sembra interminabile.

—…Poi sua mamma la trovò, la lesse e le piacque così tanto che decise di conservarla per tutti questi anni —continua l'infelice. —La trovò nel secchio della spazzatura, in mezzo agli avanzi del pranzo… perchè io ci avevo attaccato alcune stelline colorate, che brillavano come lustrini. Era impossibile non notarla.

Un pò patetico. Probabilmente Dominique aveva già superato quella fase fiabesca, in cui la torre del castello si trasforma in un motel, ed il cavaliere salvifico in un professore di ginnastica.

—Mi dispiace tanto, Benôit.

—Sì, certo. Ti ringrazio—e qualcosa luccica tra le sue mani. Alphonse capisce subito che è quella lettera, quella che gli è stata restituita vent'anni dopo.

…E la gente passa. Il tempo passa. Passa persino il treno. È normale, sono nella metropolitana.

—Senti, Benôit… Non so… Ti andrebbe di leggermela?

Il tale lo guarda. Non ci aveva pensato.

—Sì, certo che te la leggo! —e si schiarisce la voce, stavolta con un pò di entusiasmo. —Ero molto giovane, quindi non metterti a ridere, per favore!

—Ti do la mia parola.

—Bene… —Prende fiato. Avvicina ed allontana il foglio da sé, forse per trovare la giusta distanza dalle parole, affinchè non gli sfuggano nè lo travolgano. Deve leggerle così come sono: —Vado… —annuncia. —*cara Dominique, ieri ho vissuto il momento più bello della mia vita. Le tue labbra e le mie, divise alla nascita, si sono unite in un bacio, ora eterno, facendosi beffe delle migliaia di leggi dell'Universo. Nessuno potrà mai cancellare quel ricordo. Rimarrà sempre il nostro momento. Vorresti vivere in eterno? Io ti dico che è possibile. Non è un sogno. Lo so perchè quel bacio non è finito quando le nostre labbra si sono separate, per respirare. Ti garantisco che non ne avevo più bisogno. Perchè, adesso, ho bisogno di quell'aria solo per sospirare d'amore per te. È l'unico uso che intendo fare di un ossigeno che non mi appaga nè mi avvolge, perchè la mia vita si riempie del tuo ricordo e tutto quello che mi circonda mi parla di te. Cara Dominique… se desideri vivere per sempre, se desideri respirare quella stessa aria che io respiro, non aver paura della favola dell'amore e lasciati andare ad un secondo bacio. Ti prometto che, da quel momento in avanti, la Luna resterà sveglia invano, il Sole ti illuminerà all'alba e, ad ogni tuo passo, nascerà un fiore. Io sarò lì, per dare vita a quel mondo di meraviglie. Sarò il burattinaio di quel mondo fantastico. Tuo per sempre, Popò.*

Popò…?

—È molto bella, Benôit. Fa venire voglia di innamorarsi.

—Grazie.

Alphonse gli chiede il permesso di guardare la lettera. Benôit gliela passa.

—È molto bella… —dice Alphonse, con il foglio in mano, che tratta come un tesoro.— Perchè Popò?

—Oh, Popò… A scuola mi chiamavano così, forse perchè ero in sovrappeso.

—Anche lei ti chiamava così?

—No. Lei non mi ha mai dato soprannomi.

—Ah… —Alphonse è incerto. —Allora, come faceva a sapere che la lettera era tua?

Benôit non risponde. Spalanca gli occhi. Un'ipotesi mai presa in considerazione in vent'anni di solitudine, forse prende corpo proprio in quel momento, quando è già troppo tardi.

—Beh…

—No, lascia perdere —dice Alphonse, non sia mai che, per pensare a quell'eventualità, il suo amico si deprima ancora di più. —Doveva sapere per forza che la lettera era tua. Popò… Tutti ti chiamavano così a scuola. Avrà sentito qualcuno che, qualche volta, ti chiamava così.

—Sì, certo. Dev'essere così.

—Ma sì! Stà tranquillo!

—Beh, sì. Mi sento già meglio!

—Bene.

Qualcuno offre un paio di monete. Proprio così: una moneta per ciascuno.

—Ragazzi… — e, in mezzo ad una baraonda di gente, spunta fuori Marcos, tutto sorridente. È felice ed emozionato. Ha una cartellina in mano. —Ragazzi… Guardate qui! — dice, e si accovaccia lì, apre la cartellina per tirare fuori alcune carte.

—Che cos'è, Marcos?

—Questo? È un copione. La sceneggiatura di un film.

—Ti sei dato al cinema?

—Sì, certo. È finita l'epoca del fannullismo. È ora che un azionista di maggioranza cominci ad interessarsi un pò di più agli affari.

Alphonse non se la beve:

—Svetlana c'entra qualcosa in tutto questo?

—Certo che c'entra. Per cominciare la mia brillante carriera di regista ho bisogno di andare sul sicuro.

—Già…

Nessuno abbocca. Svetlana è tutto. Il tutto, al di sopra di qualsiasi tattica.

—D'accordo, ho già una scaletta generale del film, che non vi leggerò nei dettagli. Lei è una specie di vedova nera, che vive sola, in una magione. Si veste sempre di nero, capite? Anche la sua camicia da notte è nera. Un pò trasparente, ovviamente!

—Si capisce —ammette Alphonse.

—Naturalmente, una magione di quel tipo richiede molti lavori di manutenzione. Perciò ci sono il giardiniere, l'imbianchino e l'ebanista... Ci sono anche altri servizi da svolgere, come la cucina, gestita da uno chef, o l'abbigliamento, creato da un sarto. Lei, ovviamente, si occupa personalmente di controllare che tutto sia come desidera. Poi, chiaramente, c'è da aggiungere un pizzico di malizia, la giusta atmosfera e... insomma... non so se vi ho detto che è un film porno.

Nessuna risposta.

—Beh, è solo una bozza. Prima scena: l'elettricista vuole cambiare la lampadina, sale sulla scala e chiede alla signora di passargli la lampadina nuova... e lei, per sbaglio, gli tocca il pene. O meglio, gli stringe i testicoli, che hanno la forma di una lampadina. Può succedere a chiunque. Poi lui lecca il clitoride, c'è la classica penetrazione, vicino alla finestra e poi lui eiacula in un fioriera, perchè viene qualcuno. Seconda scena: si rompe la doccia e la protagonista resta bagnata fradicia. Il giardiniere viene in suo aiuto. Siccome non vuole guardarla con la camicia da notte bagnata, ed i capezzoli in evidenza, le passa un asciugamano, ma, non volendo, le tocca un seno. Allora iniziano a trombare. Lui la penetra da dietro, continua per un pò e poi eiacula sulla linea delle natiche. Terza scena: lei si ammala e chiama il dottore. Ma anche lui è malato, così arriva il sostituto. È un tipo attraente. Lei, che non se l'aspettava, comincia ad eccitarsi. Il medico le scopre il torace e l'ausculta con lo stetoscopio freddo tra i seni. Ovviamente questo la eccita ancora di più. Per la febbre, si spoglia completamente e cominciano l'amplesso. Lei gli tocca il membro, mentre lui infila le dita nella vagina. Poi, il dottore la penetra da dietro, facendo l'unione della mucca. Alla fine, eiacula nella ciotola di latte del gatto.

E si ferma. Per ora, questo è quello che ha scritto.

—Che ve ne pare?

Quella domanda, però, resta senza risposta. Alphonse ha bisogno di tempo per interiorizzare quello che ha appena ascoltato. Nemmeno Benôit sa cosa dire.

—Ok, va bene. —alla fine Marcos si risponde da solo. —Me l'ha già detto anche il cameraman, d'accordo? Quell'intelligentone mi ha criticato il fatto che lei non succhia mai niente. Ed anche che nessuno le eiacula in bocca. Lo so benissimo che sono dei classici, ma io non voglio farlo. Non so… Voglio fare un altro tipo di pornografia…più "leggera".

… Una pornografia di un innamorato.

—E non permetterò di certo che quel cameraman faccia parte della troupe. Non voglio che, durante le riprese, apra la sua boccaccia per suggerire di aggiungere tutte quelle schifezze!

La storia d'amore di Marcos è piuttosto complicata, su questo non c'è dubbio. Chiede consiglio agli altri, ma quello che vorrebbe sentirsi dire lo sta già dicendo a se stesso.

—Puoi sempre contare sul nostro appoggio, lo sai —dice Alphonse. È l'unica cosa che gli viene in mente.

—Bene. Vi ringrazio.

Sembra angosciato. La gente passa. Ci sono tre tipi strani e stravaganti, che, messi insieme, sembrano ancora più strambi. Nessuno fa l'elemosina.

—Ehi, Benôit… Che cos'è questo?

Istintivamente, Alphonse ha guardato sul retro della lettera d'amore di Benôit, ed ha visto un disegno meraviglioso. È il ritratto di una ragazza stupenda, fatto a matita, con la maestria propria di un genio.

—È Dominique.

—Davvero?

Disegna molto bene. È una giovanissima Dominique ritratta dal suo romantico ammiratore, in quei primi anni d'amore. La ragazzina ha un'espressione intensa ed espressiva, sembra quasi prendere vita, voler parlare. È un disegno straordinario!

—Sei un artista!

—Grazie.

Potrebbe essere… È il destino. È per questo che, senza sapere perchè, Alphonse ha girato il foglio. Il destino vuole dargli una mano. Il momento si avvicina… Lo interpreta così:

—Ehi, Benôit… se ti descrivessi qualcuno, potresti farne un ritratto?

Capitolo sedici

È un giorno da cani! Oggi non è dell'umore giusto. Ha fatto la doccia presto e, per un guasto condominiale, è rimasta senz'acqua calda. Poi anche il tostapane che non funziona.

Sono piccoli imprevisti insignificanti. Scherzi del destino, come i poltergeist. Poi però quello che succede in ufficio inizia ad essere preoccupante: il computer lento, la persiana che non si abbassa, ed il sole che entra, pungente come un calabrone... Il suo capo le ha fatto un rimprovero assurdo, per un errore non suo, e così ha perso anche l'autobus. Perciò, scende a prendere la metro e, proprio in quel momento, squilla il suo cellulare.

"Ehi, piccola... Che fai?"

"Alphonse... ho avuto una giornata orribile. Oggi mi va tutto storto".

"Sono cose che capitano. Devi solo rilassarti un pò. Ti va se ci vediamo stasera?

"Sì, ne avrei bisogno. Voglio vederti. Devo togliermi di dosso tutta questa amarezza".

“Va bene, bellissima. Ci sentiamo dopo”.

“Sì, va bene”.

“Ti amo”.

“Sì, … lo stesso”.

Lo stesso…. Gli risponde così. Scende gli ultimi gradini, e si ferma; qualcuno ha dipinto una ranocchia sul muro.

—Una ranocchia… che carina! —dice. Le piacciono le rane. Le adora, fin da quando era bambina! La sua camera è piena di rane di porcellana, di stoffa, di gesso…

Squilla il suo cellulare.

“Ehi… senti… voglio che tu sappia che non era colpa tua, ok? E non credere che lo faccia con piacere…O meglio, non spetterebbe a me… ma…”

Beh, la giornata comincia a migliorare. Il capo l’ha chiamata per scusarsi.

“Ti capisco, Osvald. Sei sempre sotto pressione!”.

"È la mia equipe. Sono circondato da inetti. Credo che sia giunto il momento di fare qualcosa di importante per te, mi capisci?"

"Veramente no, Osvald. Potresti essere più chiaro?".

"Certo che posso: ti concedo una promozione, ok? Voglio che sia tu a guidare il progetto. Ti nomino nuovo supervisore aggiunto".

Merda… non è che la giornata migliori. La giornata sembra essere impazzita!

"Cavolo, Osvald… Non ti deluderò!".

"Sono sicuro che non mi deluderai. Sei molto brava in quello che fai. Il tuo impegno, il tuo talento… Magari fossero tutti come te!".

…Ma non l'ascolta più. Lei dice quelle ultime parole di cortesia, in automatico, senza pensare a quello che sta dicendo. Si salutano e riattacca. Mentre cammina, non capisce che ci sono ritratti di donne sparsi per tutta la stazione.

"Dai!… Quella ha i miei occhi!", dice fra sé.

Squilla il telefono.

"Sì?"

"Figlia mia… tesoro…"

"Mamma! Avresti dovuto chiamarmi la settimana scorsa".

"Ci siamo dimenticati, gioia mia. Mi dispiace tanto. Lo sai che quando andiamo in crociera perdiamo la cognizione del tempo!".

"…E vi dimenticate anche di avere una figlia?".

"Sì, hai ragione… Ci dispiace. Sei la nostra principessa. Ed anche la nostra guardiana. Di solito sono le madri che si arrabbiano perchè i figli non chiamano, e non il contrario".

"Sai come sono fatta, no?".

"Sì, lo sappiamo. Perciò io e tuo padre abbiamo deciso di farti una sorpresa".

"Avanti, spara!".

"Beh… abbiamo deciso di lasciarti l'appartamentino di Belleville. Io e tuo padre abbiamo visitato un paesino stupendo, sulla costa, ed abbiamo deciso di andare a vivere lì".

"Mamma… sei impazzita?"

"No, cara. La tua vita è stressante, sempre a prendere il treno, l'autobus, la metro… Se vivessi in città non dovresti più correre da una parte all'altra, come una lepre.".

"Oh, mamma…! Ti ringrazio tanto!", e solleva il pugno chiuso in aria, in un gesto poco femminile.

"Puoi andare a prendere le chiavi; te le darà Amédee, il portiere. Lo abbiamo già avvertito".

Francamente, la giornata prende una piega diversa. Migliora sensibilmente. Diventa magica. Sembra quasi che i raggi del sole entrino nella stazione della metropolitana.

…Quello che non quadra tanto sono quei ritratti di belle donne. Sono fatti con i pennarelli, a matita, con i pastelli a cera… Qualcuno deve aver trascorso le prime luci del mattino a disegnare quelle signorine sulle pareti. La gente che passa in stazione, le osserva.

…Qualcuno la indica, dicendo:

—Quella assomiglia a lei!—

Carla è sconcertata. Si guarda dalla testa ai piedi. Infatti, osservando i ritratti di quelle donnette, le sembra di guardarsi allo specchio.

Alcune non sono lei, ma hanno i suoi capelli, il suo naso, la sua bocca o il suo mento… Altre hanno la sua espressione, il suo sguardo o la sua risata. Così, seguendo quella successione di disegni così realistici, tra una parte di folla che li osserva ed un'altra che resta indifferente, pian piano scopre che somigliano molto alla sua anatomia.

"Sono io…" dice, fra sé.

Sì, è lei! Pian piano, disegno dopo disegno, la sua immagine appare sempre più sbiadita, fino a quando, si crea un pò di frastuono intorno al tizio che sta dipingendo.

Indossa una giacca a quadri ed un pantalone rosa. Hai i vestiti macchiati di colore o di polvere di carboncino e, quel che è certo, è che ha lavorato per tutta la notte.

La gente parla. Indicano lei, e poi il disegno. Lo stravagante "graffitista" sta dipingendo la sua musa senza guardarla. E Benôit sente quella pressione. Sente lo stupore della gente. Perciò si volta, lentamente, con il colore nella mano, che tiene sollevata. Alla vista della ragazza, resta completamente pietrificato.

"Alphonse…" dice… ma la voce non esce. Vorrebbe chiamarlo, ma dalla sua bocca non

escono suoni. Pur riuscendo ad aprirla, resta muto.
È come se avesse davanti un fantasma.

Carla lo squadra, dalla testa ai piedi. Chi diavolo è questo pazzo?

* * *

—Tagliare! —dice Marcos, con rabbia. A quelle parole lo studio si raggela. Le riprese vengono interrotte e gli operatori si rilassano, anche se qualcuno sbuffa, contrariato. —No, no e poi no! —il regista neofita si alza dalla sedia, per dirigersi con decisione verso il letto. Lì, un omone bruno sta fornicando con due donne, una bionda ed una bruna. La bionda è Svetlana. —Perchè le hai messo il pisello in bocca? —insulta il suo attore, rimproverandolo per aver portato il pene alla bocca dell'attrice russa.

—È un film porno… —dice lui.

—Noo signoree… Questo non c'è sul copione! —e sbatacchia le carte che ha in mano, quella pseudo sceneggiatura di appena una dozzina di pagine.—Il pisello lo dovevi mettere in bocca alla bruna!

—La bruna, la bionda…? Che differenza fa?

—No, non è la stessa cosa! Sul copione è specificato che è la bruna, non la bionda!

Svetlana si mette a braccia conserte, esprimendo il suo dissenso.

—…Non avevo mai lavorato con un regista così inflessibile—protesta l'attore.

—Sono un perfezionista in quello che faccio. Sono molto meticoloso e seguo alla lettera il copione. Non ammetto improvvisazioni.

—Marcos… —dice Svetlana.

—Sì?

—Possiamo parlare?

Marcos è un pò perplesso.

—Sì, certo.

Vanno verso la semioscurità del fondale, dietro i teli scenografici sostenuti da travi e puntelli. Ci sono anche i panini, per lo spuntino pomeridiano, ed un groviglio di cavi…

—Dimmi, tesoro.

—Non chimarmi tesoro, per favore.

—Sei arrabbiata?

—Forse non dovrei? Lavorare con te è molto stressante. In questo film sembro una suora!

—Il fatto è che… il mio punto di vista… è diverso.

—Tu vedi solo quello che ti conviene. Prima mi chiedi di trasformarmi nella nuova regina del porno lesbo, cosa che non voglio; non mi piacciono le donne. … Ed ora ti metti a controllare tutto quello che faccio, o che mi fanno, davanti alla telecamera!

—Ma, tesoro…

—No, ascoltami per favore! Io non posso lavorare così. Non posso leccare il clitoride di una collega per tutta la durata di un dannato film. Non fa per me. Ho bisogno di divertirmi lavorando.

—Capisco…

—Mi piacciono gli uomini, Marcos. Non riesco a fare un lavoro che non mi soddisfa.

—Va bene… —mormora Marcos, con un filo di voce.

—Penso che un dentista si senta realizzato quando estrae i denti, un calciatore quando fa goals ed un pompiere quando spegnere gli incendi. Non mi piacciono le donne. Mi piacciono gli uomini. Ho bisogno di lavorare divertendomi.

Sì, certo… il brutto è che si tratta di questo, di divertirsi. Gli cadono le braccia. Il suo piano B sembra essere fallito.

—Va bene, come dici tu—si arrende—Faremo il film come vuoi tu.

—Non come voglio io, Marcos. È come lo vuole il pubblico!

$$* \quad * \quad *$$

…Non ha intenzione di insistere ancora con lei. Non vuole neppure fare il cagnolino sottomesso per molto tempo. Dopo vent'anni, Benôit deve sciogliere i suoi dubbi una volta per tutte. Entra nella stanza, con quelli che, secondo lui, saranno i suoi ultimi fiori… oppure i primi di un meraviglioso sogno divenuto realtà.

—Ciao, Dominique.

Per fortuna, Dominique è sola.

—Ciao, Benôit. Sono molto contenta di vederti —dice lei, sorridendo.

Sì, certo… sei contenta anche quando torni a casa ed il tuo cane ti saluta. Questa gentilezza non significa nulla.

—Grazie. Anch'io sono contento di essere qui— e mette i fiori in un vaso vuoto, uno di quelli che vengono svuotati dal personale delle pulizie. —Oggi ti porto dei fiori gialli. Ti piacciono?

—Sì, molto.

—…Oggi è il gran giorno —sussurra. —Ti tolgono le fasciature.

—Sì, oggi pomeriggio, alle cinque. Sono molto nervosa.

E felice. Spaventata, ma, nel profondo, con una speranza che la renderebbe cordiale persino con il diavolo.

—Spero che tutto vada bene. O meglio, quello che è fatto, è fatto. L'accrescimento della cute sotto le fasciature è ormai completato. Ora non resta che vedere il risultato.

—Sì... e sto morendo dalla paura!

Benôit si avvicina. Per la prima volta riesce a trovare il coraggio di sedersi sul bordo del letto.

—Dominique... Non voglio continuare ad illudermi. Voglio mettere fine a questa follia iniziata vent'anni fa una volta per tutte. E voglio farlo adesso.

Dominique rimane turbata. Le hanno riferito che quell'ingenuo innamorato potrebbe anche diventare pericoloso. Se la realtà non dovesse corrispondere alle sue fantasie, potrebbe approvare quelle pretese dell'amore estremo, per mettere fine alle vite di entrambi.

—Dimmi, Benôit —riesce a dire, anche se con un filo di paura.

—Mi conosci. Sai come sono fatto... Non sono un granchè, ma sono così come mi vedi. Se questo non ti interessa, non fa niente. Nessuno vuole obbligarti ad amare qualcosa che non ti piace. Quello che voglio dire è... —ed ora è lui che sembra turbato. Poi sospira, senza mostrare alcun segno di nervosismo, a parte quello di strofinarsi le mani, come se si spalmasse una crema. —Oggi ti tolgono le fasciature. Oggi sapremo se sei bella... oppure no. Eppure, prima ancora di scoprire come sei fisicamente, ti dico che, qualunque cosa accada, per me sei già meravigliosa. Ti amo per come sei dentro. Non m'importa se sei un mostro o una bellezza. Voglio solo condividere la mia vita con te —ed ora sospira. Finalmente, l'ha detto.

—Continua, Benôit.

—Il fatto che io ti ami non cambia nulla, perchè adesso, ciò che conta è che anche tu mi ami. Perciò tocca a te. Devi decidere tu. Io ho già deciso, ma devi essere tu a decidere se vuoi che rimanga al tuo fianco… o esca dalla tua vita, per sempre.

È molto duro. E, comunque, molto sincero. Ormai mancano poche ore per scoprire se l'autorigenerazione dei tessuti e l'attecchimento degli innesti cutanei hanno portato ad un buon risultato… oppure ad un totale fallimento. Manca poco per sapere se la vita sarà meravigliosa… o forse, un pò più difficile. Benôit è già pronto a questa possibilità.

—Benôit… —e non è facile dirlo, ma qualcuno deve farlo. Deve farlo soprattutto Dominique: —Non posso amarti. Tu sei meraviglioso, una persona stupenda… ma non voglio che continui a farti del male.

…Ed una scia di fiori avvizziti attraversa la stanza. È un presagio. Il presagio di momenti tristi.

Lui sospira.

—Lo capisco —dice, finalmente.

—Voglio che tu sappia che mi dispiace tanto.

—Non preoccuparti. È la cosa migliore. Scusami per aver fantasticato più del dovuto.

—No, scusa tu! Avrei dovuto dirtelo molto prima.

—Ed io sincerarmi, dal giorno in cui sono entrato da quella porta.

—… Benôit, credo che, da quel momento, tu non abbia fatto altro.

"Ah, sì?" pensa. Sì, le notti scoppiavano d'ossigeno con i suoi fiori. Tutti in ospedale lo conoscono e lo chiamano… il folle innamorato…

—Addio, Dominique.

E si alza. Si volta, e se ne va. Sono solo pochi secondi, in cui Dominique pensa deve dirgli qualcos'altro, che non può lasciare che finisca tutto così. Deve rispettarlo, chiedergli di non uscire del tutto dalla sua vita… ma la verità è che, pur essendo molto dispiaciuta, non prova niente per lui. È un altro corteggiatore. Uno dei tanti. Ma questo non basta.

* * *

È salito sul tetto. In qualche modo, Benôit ha seguito quel percorso, ed è finito lì. Quella mattina aveva già intuito che sarebbe stata una giornata triste e drammatica, che avrebbe concluso guardando un tramonto bagnato di sangue.

Sì, di sangue… Cammina sui cornicioni dell'edificio, pensando di arrivare al marciapiede senza fare uso dell'ascensore. Un suicidio. La sua vita non ha più valore. Non si aspetta più niente da lei. Da vent'anni sopravvive per un sogno… È giunta l'ora di porre fine a quell'incubo.

Un passo avanti, un altro indietro. Non è facile togliersi la vita, lanciarsi nel vuoto. Ci si prende sempre un altro minuto per pensare ad un'ultima cosa. Qualcosa che valga la pena.

…Ma Benôit riesce a pensare solo a Dominique. Lei è tutto. Il mondo, racchiuso in una donna.

"Come posso essere così egoista?" pensa. "Come posso fare questo?"

E fa un passo indietro. Se si suicida, se finisce lì, all'ospedale, Dominique saprà della sua morte. Si sentirà in colpa. Si sentirà angosciata.

Non può fare questo… all'amore della sua vita. Anche se lei non lo ricambia deve proteggerla. Deve amarla più di ogni altra cosa, indipendentemente da ciò che faccia oppure no. È il suo amore… È tutto…

Un altro piccolo passo indietro, e quindi decide che si sarebbe tolto la vita lontano da lì, nell'anonimato. Nessuno troverà il suo corpo. Nessuno saprà dove si trova, dov'è andato, dove finirà i suoi giorni…

Ed, ovviamente, un ultimo piccolo passo indietro… e pensa, ormai seriamente, che oggi non si sarebbe suicidato. Forse nemmeno domani. Avrebbe continuato a vivere così, per altri vent'anni, pensando di suicidarsi un giorno sì e l'altro no. Secondo ciò che l'anima ed il cuore desiderano… perchè, forse, persino senza averla tra le sue braccia, vale ancora la pena vivere la vita per pensarla e sognarla, ogni giorno. Un amore davvero eterno.

* * *

È il gran giorno. Il chirurgo plastico ed il suo team sono emozionati, proprio come la mamma di Dominique. Sophie è in fermento.

Ci sono un cameraman ed alcuni giornalisti. È un momento importante. Un grandioso evento pubblicitario oppure un flop totale.

—Mamma, ho paura!—dice Dominique. Allora prende la sua mano e, con amore, l'accarezza dolcemente, proprio come avrebbe fatto Benôit; mostro o non mostro.

—Ora, Dominique —dice il chirurgo, che avrà l'onore di "smascherare" la sua paziente, — inizieremo a togliere le fasciature.

Comincia. Poco alla volta. Spunta subito una chioma lucente. Bionda e setosa. È cresciuta così, disciplinata, forte e fluente.

"Mio Dio..." mormora Dominique. Non vuole guardare... Le hanno messo uno specchio davanti al viso, ma lei si volta, per guardare verso la porta.

...Per un attimo, le è sembrato di vedere quel mascalzone di Climent.

—Bene... Adesso le bende del mento — dice il chirurgo.

Sì... è Climent. Dominique lo ha intravisto dietro il cardine della porta. Il mascalzone è in attesa. Non ha voluto entrare, nè farsi vedere. Si nasconde, come sempre.

—Ora le bende dell'orecchio... e quelle del torace...

Entrerà Climent? Che cosa aspetta?

Sì, è lui, Climent. Il mascalzone che Dominique stava aspettando. È chiaro che sta pensando se gli conviene entrare oppure no. Questo è chiaro. Se Dominique sarà sfigurata, se ne andrà. Ci può scommettere.

...Se tornerà ad essere bella come una dea, entrerà. Dominique sa anche questo. È lo schifo che bisogna vivere per amare dove il riflesso dell'amore non esiste. Dove, cioè, l'amore non torna indietro. L'amore a senso unico. Proprio come quello di Benôit! Sul momento, Dominique ci ripensa, e capisce quanto possa far male l'amore non corrisposto.

D'altra parte, l'amore è terribilmente egoista. Non basta capire quanto sia grande oppure dove sia diretto. L'amore è indifferente a ciò che non ama. L'amore è così idiota.

* * *

È una notte da sogno come altre mille nella Città dei Lumi. Alphonse, stanco e scoraggiato, torna al ponte, a casa sua, per trascorrere la serata a bere qualche piccolo sorso di cognac... Fino a quando vede la sua Carla lì, vicino ad uno dei tanti ponti degli innamorati, sulla Senna. La vede passare, e scappare via. Almeno così crede.

È innamorato di un sogno... e, in quanto tale, essendo un sogno, non è Carla quella che vede. È Alphonse. L'altro Alphonse. Il falso Alphonse. Il ragazzo che ha conquistato il cuore di Carla.

Cammina di qua e di là; sembra essere di fronte ad un bivio, deluso ed incerto su quale strada prendere... Anche se, in realtà, finisce per prendere una certa direzione; se ne va, con i pugni chiusi.

Alphonse non deve intromettersi. Non è affar suo, Ancora no. Lo è dal punto di vista fantastico. Dal punto di vista reale, deve lasciarlo andare. Quelle persone non esistono.

—Mi scusi, signore —lo ferma. Il tale si volta.

—Che cazzo vuoi? —domanda il tipo. Poi, quando si accorge che è solo un senzatetto, lo guarda peggio.

—Scusi... Questo... —e Alphonse non sa che fare. È incerto. Non ha mai pensato a cosa avrebbe dovuto dire. A Carla, o a qualsiasi altra persona che affolla il suo mondo. —Io... —e, nella sua mente, fa mille giri di parole. Migliaia di alternative, tutte scartate in una frazione di secondo. —Ehi... —e, all'improvviso, qualcosa gli dice di tirare fuori il disegno di Carla, uno di quelli che Benôit le aveva fatto dopo aver visto di persona la donna amata, averla fermata ed aver parlato con lei, tutto in nome dell'amore... ma, essendosi fatto sfuggire il momento giusto e la concentrazione, era riuscito a fare solo uno scarabocchio di Carla con l'immagine che gli era rimasta impressa nella mente. —Conosce questa ragazza?

Il tipo fa un passo indietro, nel frattempo diventa scuro in volto. È appena stato con lei… È appena fuggito da lei.

—Al diavolo! —dice. Alphonse non comprende la sua reazione. —Prendi, cazzo! Vedi un pò, magari sei più fortunato di me!— gli mette qualcosa in mano, in malo modo, e se ne va; è una scatolina rossa, di velluto, che stava per gettare in acqua. Una scatolina con un gioiello dentro.

Alphonse l'apre, con un pò di timore, e trova un bellissimo solitario. È un anello di fidanzamento. Un anello d'amore.

"Cazzo…" pensa. È turbato. Deve esserlo, ma, allo stesso tempo, deve essere felice ed avere la certezza che Carla, il suo amore, ha rifiutato una proposta di matrimonio. Così pare. Non può essere altrimenti. Inoltre, è vicina. Molto vicina.

…E non sa cosa le dirà. Non sa cosa si inventerà. Non sa nulla… Sa solo che deve cercarla, correre a perdifiato. Starà passeggiando da sola, tra i tavolini all'aperto, sul ponte, in riva alla Senna… sarà confusa, o con le idee molto chiare. Comunque libera. Grazie al cielo. Lei, sola… proprio come nelle sonate di Alphonse.

…Purtroppo la notte è troppo breve, ed il destino non abbastanza audace da farli incontrare. Carla svanisce così, proprio com'era arrivata; nell'immaginazione.

Capitolo diciassette

—Mi fa un caffè, per favore?

—Sì, certo.

Alphonse è così occupato che non guarda nemmeno il cliente. Il mondo gira. Lo sa bene. Perciò, piuttosto che chiedere l'elemosina nella stazione della metropolitana, un nuovo colpo del destino lo ha portato a servire ai tavoli di una bella terraza all'aperto, nel centro di Parigi. Con il farfallino sembra una persona importante. È quello che si ripete ogni giorno, quando si guarda allo specchio, anche se condivide l'appartamento con alcuni immigrati.

—Alphonse… —Lo chiamano. È un sussurro.

Alphonse si volta. C'è un tale con un vestito stupendo, un cravattino celeste ed una ragazza sottobraccio, anche se sono seduti al tavolo.

—Marcos…? —Alphonse è incerto. —Ehi, ragazzo!

—Amico…Quanto tempo!

E il cliente esperto si alza, per dare un piccolo abbraccio ad una persona con cui, un tempo, aveva condiviso quello che solo uno sconosciuto avrebbe potuto condividere; uno dei segreti più inconfessabili della sua vita.

—Che diavolo ci fai qui? —Marcos è sorpreso.

—Come vedi… —Alphonse apre le braccia, mostrando la sua divisa. —La vita mi tratta bene.

—Ragazzo, è fantastico! Sono molto contento!

—Anch'io per te!

—Oh, scusa —Marcos si rende conto che non è solo. È un gentiluomo. È di nuovo un gentiluomo. Quindi, senza perdere nemmeno un secondo, gli presenta la sua ragazza. La sua fidanzata: —Lei è Anastasia, la mia promessa sposa.

Sì, molto più di una fidanzata. Molto più di quanto Alphonse avrebbe potuto immaginare. L'eterno dongiovanni si era ravveduto, aveva trovato l'amore… Anastasia è una persona adorabile. È meravigliosa. Si vede dal suo sorriso, dalla sua gentilezza. Un pò rotondetta, come tante altre, ma fantastica. Una grande persona, così com'è… dentro e fuori. Niente di più e niente di meno… in tutto e per tutto. Marcos è veramente cambiato. Adesso non sta più con donne da copertina. Va sottobraccio con una donna normale.

—Ehi, ragazzo! Allora ti sposi! —dice Alphonse.

—Così sembra. Infatti siamo venuti perchè lei deve provare l'abito da sposa—spiega Marcos. Lì di fronte c'è L'atelier de Chantal, un negozio di abiti da sposa. Una pubblicità ad hoc invita i futuri sposi a venire insieme. Lei si prova il vestito… lui prende un caffè nella caffetteria di fronte. — Insomma, sono solo l'accompagnatore —e, guarda la sua ragazza, il furfante. Lei capisce al volo e, sapendo che i due amici devono parlare delle loro cose, li saluta. Cose da uomini… Ricordi, belli o brutti.

—Il donnaiolo ha messo la testa a posto— dice Alphonse, una volta rimasti soli. Non ci sono molti clienti… Ci sono altri camerieri. Si concede qualche minuto.

—Come hai ottenuto il lavoro, Alphonse?

—Oh, suonando il violino! All'inizio mi hanno assunto ad ore, per animare le serate. Poi mi hanno offerto qualcosa di più fisso, più stabile.

—Sì, lo vedo… Beh, quanto basta per vivere come un signore.

—Sì, non mi lamento. E che mi dici del tuo ruolo di regista?

Marco sorride. Non ha molta voglia di parlarne.

—Beep… Errore… Non mi va di parlarne.

—Scusa. Non sono affari miei.

—Stai scherzando? Certo che sono affari tuoi! A dire il vero mi è dispiaciuto molto di non averti più incontrato alla stazione. Ti ho cercato.

—Sì, mi sono sentito un pò perso.

—Hai deciso di dimenticare una volta per tutte quella tua ragazza immaginaria, quella Carla?

Ora è Alphonse che sospira.

—Sì, credo di sì… E tu? —contrattacca, ma senza cattiveria —hai dimenticato Svetlana?

Marcos mostra l'anello che porta al dito. Non è una risposta. O meglio, è solo una risposta superficiale.

—Ho pianto come un bambino per quella ragazza —ammette. —Mi sono inginocchiato ai suoi piedi, supplicandola di vivere delle mie rendite. Stranamente, lei mi ha risposto che non voleva vivere di elemosina. Questo mi ha fatto pensare a te…Scusa, senza offesa.

—Non dire sciocchezze. Sono stati momenti difficili.

—Sì, eravamo piuttosto stupidi!

—Ehi, a proposito… che fine ha fatto quel ragazzo, quel tale… Non mi ricordo come si chiamava…

—Benôit?

—Sì, lui. Benôit. Hai visto le foto della "sua ragazza"?

—Sì, le ho viste.

—…La nuova copertina di playboy.

—Sì…un bijou. Curiosa la vita, no?

—Incomprensibile. Ma che fine ha fatto quel tipo?

—Non lo so. Sono persone che entrano ed escono nella tua vita, e poi non le incontri più. Forse, quando sarai in pensione, cenerà con te, al tavolo del capitano, durante una crociera. Chissà…

—Sì, la vita è così strana.

Molto. C'è un tale, appoggiato al bancone, che non ha ancora detto una parola. Indossa un vestito a quadri, e sembra portare con sé uno zaino da viaggio. I pantaloni gli rimangono corti, ed indossa delle bretelle arancioni, che lo fanno sembrare un personaggio dei cartoni animati.

È Benôit, si è tinto i capelli biondo platino.

—Ragazzi… —dice. —Ho ascoltato quello che dicevate e sembra incredibile quello che la gente dice alle tue spalle!

Marcos e Alphonse si guardano. Non può essere! Sono totalmente avvinti dalla sorpresa. E non che sia una sorpresa che li renda immensamente felici. Ma gli fa credere che il destino sia più benigno e generoso di quanto sembri.

—Sei tu, Benôit?

—In persona.

È assurdo. Non ha senso. Comunque sono felici di rivedersi, un pò per davvero e un pò per finta. Cioè, sentono la complicità ma anche l'ipocrisia di quelli che si ritrovano per caso, e farlo non è così come sembra.

—Ho viaggiato molto —confessa Benôit. —Avevo bisogno di "prendere aria".

—Accidenti... Stavamo proprio per parlare male di te, ragazzo!

—Penso che avrei dovuto aspettare solo qualche altro minuto per sentir parlare male di me.

—Non essere così catastrofico!

—Con quella faccia...

—Andate a farvi fottere. E lo so che avete visto le tette di Dominique!—li rimprovera. Ma è un rimprovero affettuoso. Sembra essere cambiato. Forse, le delusioni l'hanno fatto maturare. —Stavate parlando di lei...

—Sì, alla fine il bruco si è trasformato in farfalla.

—Sì, la mia farfalla….

C'è un pò in imbarazzo. Gli incontri inaspettati sono così.

—Bisogna festeggiare! —dice Marcos.

—Però paga il nuovo regista!

—Non dirigo più una merda!

—No mi dire… Sembra che abbiano fottuto anche te!

—Un inizio difficile.

—E adesso ti sposi.

Marcos guarda il suo anello.

—È un anello vero. Cioè, mi sposo veramente, non per ripicca. Ormai ho dimenticato Svetlana. Immagino che tu non possa dire lo stesso di Dominique.

—Il mio amore è per sempre, proprio come il tuo, Marcos. Bisogna semplicemente saperlo gestire. In altre parole, se non è possibile, si mette da parte per altre circostanze. Per i tuoi momenti di intimità. Appena prima di dormire, ad esempio.

—Pensi a lei ogni sera?

—E tu…?Pensi a lei ogni volta che ti scopi la tua donna?

—Ragazzi…Non litigate, per favore! — Alphonse cerca di riappacificarli.

—È tutta colpa di quel… linguacciuto di un regista.

—Beh il ragazzo sembra essere diventato piuttosto sveglio.

—Si cambia quando ti trovi ad affrontare la morte, al tuo ultimo respiro.

—Hai tentato il suicidio?

—Come fai a dire che sto parlando di suicidio? No, mi ha morso un serpente velenoso, in Amazzonia!

—Oh…

Non è un momento facile. Si criticano, ridono l'uno dell'altro e si fanno domande indiscrete, ma con un pizzico di complicità. Guardano al passato come se parlassero di un film. Tutto è di tutti e niente è di nessuno. Ciascuno conosce i segreti dell'altro, i suoi momenti di gloria, ma anche quelli più difficili … ed i fallimenti. Non sono grandi amici e, forse proprio per questo, tutto sembra più facile.

…Manca solo un'ultima prova… l'ennesimo episodio assurdo da vivere insieme. Alphonse se lo sente, fin dalle prime ore del mattino. Qualcosa gli dice che sta per accadere qualcosa di speciale. Per il momento, aver incontrato quei due è stato il primo segno di ciò che pensava gli avrebbe riservato il prosieguo della giornata. Invece le stranezze della vita non sono ancora finite e sente una leggera brezza, quasi impercettibile. Quando guarda verso il marciapiede di fronte, avvolto da un'altra miriade di contraddizioni, non può fare altro che restare a bocca aperta:

—Cazzo… —dice. Mormora, con un filo di voce.

—Cosa c'è? —Marcos si allarma.

—… Cosa vedono i miei occhi?! —dice Benôit, sconvolto.

Sì, è Carla. Cammina da sola, sul marciapiede di fronte. È lei. È inconfondibile. Meravigliosa, elegante, molto femminile, cammina con passo deciso, quasi in marcia, con la borsa all'altezza della coscia. Quasi si sente il suo profumo, perchè sembra appena creata.

Appena inventata… da Alphonse.

—Alphonse? — è Marcos che mormora, adesso. —Cosa facciamo?

Ma non fanno niente. Lei continua a camminare… si sta allontanando… sta andando via.

—Alphonse — insiste Marcos. —Fà qualcosa!

Alphonse lo guarda. È in un mare di dubbi. Nulla ha senso, eppure la vita diventa molto più avvincente se hai un sogno, seppur impossibile da raggiungere.

—Vai a prendertela, Alphonse! —Benôit lo incoraggia; ha imparato a sue spese che passare vent'anni a sognarla è meglio di niente, così come è meglio trascorrere un'intera vita senza di lei, piuttosto che solo un secondo di una falsa speranza.

Alphonse fa un passo indietro. Benôit intuisce la sua intenzione e, mettendogli la mano sulla schiena, lo ferma.

—Nessuno sa come andrà a finire, Alphonse —aggiunge Marcos. —Chi lo sa? La vita è così imprevedibile che può ancora riservarti qualche altra sorpresa.

Alphonse li guarda. Sembra prendere fiato, come se non riuscisse a respirare.

Va via... di corsa. Al galoppo, come se stesse correndo i cento metri piani. Subito dopo, non riuscendo a trattenere la curiosità, anche Marcos comincia a corrergli dietro. Benôit vuole rimproverarlo. Non sono fatti suoi... ma è una situazione talmente strana ed inaspettata, che comincia a correre anche lui, senza motivo.

Tutti le corrono dietro. Finalmente lei, in congiunzione con un Alphonse che, fino a quel momento, non era mai riuscito ad incontrarla. Forse avrebbe dovuto pregare con più fervore per lei. Forse aveva dato troppo per scontato che lui era un senzatetto e lei una... donna. In amore queste distinzioni non dovrebbero nemmeno esistere. Il solo fatto che uno sia uomo e l'altra una donna, dovrebbe bastare.

Sembrano due bambini che fanno i salti di gioia, in trepidazione. Oltre a dire un sacco di scemenze, Marcos incoraggia Alphonse. Benôit cerca di zittirlo, poi, però, anche lui comincia a dire cose assurde.

Sembrano essere ringiovaniti, tornati a vivere… più briosi che mai. Nonostante quell'amore non gli appartenga, qualcosa palpita dentro di loro, anche se quel sentimento non dovesse essere corrisposto, benchè Alphonse rischi tutto, ed il resto non conti nulla, o quasi.

Si fermano… Dopo aver rischiato di essere investiti ed aver travolto loro stessi alcuni passanti, scusandosi con loro, hanno dovuto persino aiutare un anziano ad attraversare sulle strisce pedonali. Adesso devono fermarsi; Carla sta entrando in un elegante cocktail club.

—Aspetta, Alphonse, aspetta! —dice Benôit. —Devo dirti una cosa.

—Ora?

—Sì, ora.

Benôit si tira dietro Alphonse. Intanto, Marcos attraversa una piazza, nascosta dietro ad un furgone di consegne. Comunque, Alphonse non perde di vista l'ingresso del locale: su un'insegna sfarzosa c'è una piccola rana… A lei piacevano le ranocchie, proprio come nei suoi sogni.

—Alphonse... non credere che, dietro a tutto questo, ci sia il destino!

—Stai scherzando?

—No, dico sul serio. Se ci troviamo di nuovo qui, tutti insieme, in realtà non è il destino che ha voluto farci rincontrare. Sarebbe assurdo! So dove lavori... so che, grazie alla tua arte, ti hanno "tirato fuori" dalla stazione, anche se adesso fai solo il cameriere. Di te, Marcos, sapevo che oggi Anastasia voleva venire a L'atelier de Chantal, perchè ieri l'ha scritto su Facebook. La settimana scorsa io stesso le ho inviato per posta la pubblicità di quel negozio di abiti da sposa. Sapevo che, di solito, le coppie vengono insieme, che lei si prova l'abito, mentre lo sposo prende un caffè; la pubblicità dice così. Io ho fatto solo copia e incolla.

—E, oltre a manipolare le nostre vite, cos'altro hai scoperto?—protesta Marcos.

—So tutto, ragazzi... che la supervisore della caffetteria è innamorata di Alphonse. Anche lei l'ha scritto su Facebook. Ma Alphonse non se n'è accorto.

—Ehi amico, mi stai facendo paura!—dice Alphonse.

—No, non lo faccio con cattiveria, credimi! Ho saputo un sacco di cose… Svetlana, per esempio —e guarda Marcos —ha abbandonato la pornografia. Ha fatto un sacco di soldi ed ora vive alle Isole delle Antipodi. Ha aperto una scuola di immersioni, per fotografare gli squali bianchi. Tutti i pomeriggi si immerge nuda; così i turisti, invece che ai pesci, scattano le foto a lei.

Marcos si gratta il mento. Porca miseria! Spesso la vita non va come vogliamo.

—Per quanto riguarda me, Dominique adesso fa film di serie B. Alcuni sono scandalosi e quasi tutti fanno riferimento all'incidente o alla sua agonia in ospedale. *Ospedale in fiamme* o *La mummia del lago* sono alcuni dei suoi film più famosi, anche se non sono mai arrivati al cinema.

—Perchè ci racconti tutto questo? —chiede Marcos.

—No, aspetta! —dice Alphonse. —Cosa sai di Carla?

—Carla… non si chiama così. Il suo nome è Edith Arrous, ha trentasei anni, lavorava presso uno studio di marketing televisivo fino a quando… beh… ha cambiato stato civile ed ha aperto questo locale.

—Stato… civile? —Marcos si preoccupa.

—È sposata, da un anno— ed entrambi guardano Alphonse. Beh, non è poi la fine del mondo! Una donna sposata può sempre cambiare idea. Benôit lo dice chiaro e tondo: —Non so se felicemente sposata… ma, per quanto ne so, suo marito le ha aperto questo locale, e lei lo gestisce.

Restano turbati. È tutto così strano! Alla fine le loro critiche ricadono su Benôit:

—Hai programmato anche l'incidente di Dominique? —gli chiede Marcos.

—Assolutamente no… Non sarei capace di fare una cosa del genere. C'è lo zampino del destino.

E guardano la facciata del locale. Sì, è elegante, di classe. Alphonse fa un passo in avanti. Poi un altro.

—Hai intenzione di entrare? —chiede Marcos.

—Non lo so.

—Dovresti farlo —dice Benôit. —Forse, una volta entrato, quello che vedrai non ti piacerà, ma la vita è così. Bisogna "lanciarsi". È la cosa migliore.

Il tempo sembra essersi fermato. La facciata sembra diventare sempre più grande. Alphonse si sente rimpicciolire. Ha aspettato così tanto quel momento, che ora gli sembra di avere davanti un muro d'acciaio impenetrabile. Forse per l'aria più densa. Forse sente un peso nel cuore, che fa da zavorra. È assurdo stare così. Probabilmente non ha ancora centrato il bersaglio, ma non ha nemmeno fatto nulla di irreparabile, nè si è reso ridicolo. C'è ancora tempo per tirarsi indietro… Ci sarà sempre tempo per tirarsi indietro.

Entrano. Pian piano. L'oscurità fa da intermediario tra la strada e l'interno del locale, che da su una serie interminabile di tavoli, con sopra le sedie rovesciate. È chiuso. Il personale sta facendo le pulizie ed il barman, con molta cura, sta lucidando i calici. Qualcuno sta spazzando il palcoscenico…

La luce è accogliente. Una coppia è seduta all'unico tavolo in servizio. Sono Carla ed il suo consorte. Cioè, Edith e suo marito. Stanno discutendo pacatamente di alcune pratiche, e giungono ad un accordo. Alphonse li guarda e si sente un verme. Non è il suo posto. Marcos gli mette una mano sulla spalla, ma non riesce a consolarlo. L'amore ci appartiene fino a quando è il nostro cuore che lo desidera… ma, una volta rivelatosi, quell'amore non può fare nulla, se non è il tuo posto.

—È solo il marito —dice Marcos. Un signore con i capelli bianchi. Un tipo maturo, interessante… un uomo formale. Sembra una brava persona, si vede dallo sguardo.

—No… Non è il mio posto —mormora Alphonse.

—…Io ho aspettato vent'anni —bisbiglia Benôit.

—E non ti sono serviti a nulla —dice Marcos. —Io ci proverei —insiste.

—Sono solo un cameriere. Oltre ad essere sposata, è anche una sconosciuta…

E non è tutto. Adesso, dall'altra parte, si intravvede un altro incredibile "inconveniente". C'è un passeggino. Infatti c'è un bambino. Edith lo prende in braccio.

—Ehi, guarda! —dice Marcos. —Hanno un figlio…

Ecco. Un'altra forma di amore. A parte il fatto che l'amore di una donna è diverso quando ha dei figli, si sa. L'amore che va in un'unica direzione. È crudele. È preciso. Si sbaglia, ma non lo ammette mai.

Alphonse non si era mai sentito così disonesto come in quel preciso momento. Non è il suo posto… Non è sua moglie.

Alphonse sospira. Anche Benôit. È contagioso. Alla fine sospira anche Marcos. Tutti e tre, in qualche circostanza della loro vita, hanno vissuto quello stesso scoraggiamento.

Si voltano. Vanno via…

—Scusino… desiderano qualcosa?

Sì, è una voce stupenda quella che si fa sentire. Uguale alla voce che aveva sempre sognato. Alphonse la riconosce. È Carla. Carla, finalmente, sta parlando nella vita reale.

Non possono andare via. Si voltano, sono imbarazzati… anche se, in fin dei conti, non è successo nulla di cui debbano vergognarsi.

—Questo… —farfuglia Benôit…

—Io… —farfuglia ora Alphonse.

Per fortuna, risvegliando la sua primordiale abilità di seduttore, Marcos prende di petto la situazione e risolve il problema.

—Siamo musicisti —mente. —Siamo venuti per la prova.

—Oh, fantastico! Potreste salire sul palco?

Certo che possono. Infatti salgono… ma non hanno portato neppure uno strumento. Per fortuna, il destino torna a bussare alle loro porte. C'è… anche se non per virtù dell'amore.

… Ci sono un violino… un sassofono… ed un pianoforte.

—Bene, è arrivato il momento… — sospira Marcos. Prende il sax. È veloce. Non vuole fare una figuraccia. Alphonse ci mette un pò prima di prendere il violino. È spaventato a morte. Quando si risveglia dalla sua paura, vede Benôit seduto al piano.

—Il piano? —dice, scettico.

—Sì —sussurra Benôit. —Vent'anni di solitudine a casa. Mamma mi ha iscritto a pianoforte!

Ed il tempo si ferma di nuovo. Sono musicisti molto diversi. Il primo, con il farfallino, sembra un cameriere. Il secondo con un vestito elegante e la cravatta … ed il terzo, con quelle bretelle, volgare e stravagante. Sembrano nervosi, principianti. Marcos li vede così, ma gli piace il loro stile. Sono originali… uno strano gruppo.

Si guardano. Sono insicuri. Hanno trascorso la loro vita nell'insicurezza.

—Questo brano… —sospira Alphose, parlando al microfono. —Beh… questo brano è dedicato all'amore. L'amore non corrisposto —e sospira di nuovo. Per fortuna il suo non è uno strumento a fiato, altrimenti non potrebbe dare il massimo.

Cominciano a suonare… Non male. Si conoscono appena, non hanno mai suonato insieme e, a parte Alphonse, da molto tempo non si divertono suonando uno strumento… Tuttavia, Carla è lì, pronta ad ispirare quel doloroso amore non corrisposto che devono suonare… come il ricordo di Dominique nella sua prigione di carta e la sensualità quasi eterna di Svetlana, la regina del porno.

Suonano per tutto il pomeriggio. Ma non per farsi assumere. Non sono lì per quello. Sono lì per dimenticare. Suonano per loro stessi, e per quell'amore perduto, che ormai non troveranno mai più.

...Il bello è che Carla li assume. È entusiasta, le è piaciuta molto l'improvvisazione. Sì, perchè spesso l'amore si improvvisa. A volte l'amore è delirante, come la loro musica. Altre volte strano, come quel trio che, attirato da un altro tipo di vita, accetta di suonare in quel locale tutti i giovedì... ma senza compenso. Non vogliono niente. Vogliono solo dimenticare... e forse, per curare un amore eterno come quello non corrisposto, la terapia più efficace è quella di riviverlo a piccole dosi, con brevi sedute di oblio e ricordo, nell'ombra di ciò che si può o si deve amare; un sogno.

www.ingramcontent.com/pod-product-compliance
Lightning Source LLC
Chambersburg PA
CBHW022140050726
47590CB00002B/519